癌のあとさき　暮れ泥《なず》む

建部嗣雄
TATEBE Tsuguo

文芸社

目次

はじめに　5
亡妻のこと　9
愚かな悔い　13
『がんと一緒にゆっくりと』を読み終えて　19
癌になったら「平静」さが大事　22
記録は記憶　38
性格と健康　41
面白い世をつまらなく　47
ホスピス選び　56
遅きに失した遺伝子検査　64
モルヒネとヒロポン　68
自死　74
生きているって面倒ではありませんか?　85
長寿と尊厳死・安楽死　92

書いて娯《たのし》む　114
時代　116
ムダな努力　122
線虫ガン検査　130
令和四年六月頃　136
余命で甦る生命《いのち》　138
生命《いのち》の軽重　140
健康と食事　152
認知症について　163
日記、その功罪　169
妻と愛馬　177
おわりに　183

はじめに

人間は二度死すという。

一度目は「肉体の消滅」であり、二度目は「人から忘れ去られる」ことだという。

妻を亡くして丸三年、私の誕生月に逝った。

現在《いま》、私は何をすることもなく満八十一歳を迎えた。祝う人とてない一人身の気軽さで、いつもの通りの坦坦《たんたん》とした生活をしている。

亡くなった当初、漠《ばく》とした恐怖心（不安と孤独）に苛《さいな》まれたが、此の頃は大分落ち着いてきた。

しかし、消えたわけではない。その恐怖心は溶けて、躰《からだ》の芯の奥底へ錘《おもり》のように沈潜し、何かあると私を揺り動かす。

妻の居ない今の生活は「夢心地」というか、地に全く足の着いていない「空《くう》」の日常になっている。このふわふわとしたような感覚は、いつ消え去るか分からない頼りないものである。

その消え去る日こそ、私が妻の黄泉《ところ》へ行く時だろう、楽しみにしている。

妻亡きあとの喪失感は想像以上に強く、このまま凡《すべ》てが終わってしまうような気がした。

しかし意外にも不安や焦燥感に駆られることなく、ごく自然であった。

今、亡き妻と私の身辺整理が手付かずで残っている。早急に整理し、他人《ひと》に迷惑が及ばぬようにせねば、みっともなくて死ぬにも死ねない。

その為には己を励ます手立てを考えねば、躰も心も動かない。いろいろその方法を探し求めたが、生前亡妻が度々口にし奨《すす》めてくれた「書くこと」を思い出した。それは日記を永年一日も欠かさず書き、時には印象深い出来事をエッセイ風に書き留めている私を知っての上での助言であった。

それは鬱状態になりつつある現在の懦夫《だふ》な私の生活を回避するにはよき方法と思い、早速実行に移すもすぐ挫折した。八十歳《やそじ》にもなろうという人間が、その歳でいきなりまとまったものを書こうなど唐突にすぎた。

書く主題も二転三転して定まらず、今更素人には無理と諦めた。

しかし外によい手立てもなく、書くことを抛擲《ほうてき》したら、あとは自滅するしかない。本来無器用な身、何事も簡単にできたことがない。それが為、執拗なほど人一倍努力してきた。

それを思い出し再度試みた。もともと人に見せ読んでもらう心算《つもり》などなく、自分の思うまま書きたかったのだが、しかし文章も内容も読み返すと、大袈裟でなく余りの下手さに反吐《へど》をつく思いで自己嫌悪に陥った。

其処《そこ》で自己表現など、こむずかしい理屈などプロの物書きの真似などせず、何か事実をありのまま書けるものがあればと考え、私の日記に残した妻の闘病記録を整理し、『光子の病来日抄』として漸《ようや》く一冊にまとめて冊子にすることができた。

そこで改めて冊子にした本を読み直すと、拙《つたな》い文章には変わりはないが、不思議なことに他人には面白くも可笑《おか》しくもない文章・内容が、当事者の私には胸にぐっと当時の悲しみ、恐怖、不安が迫って苦しくなり本を閉じてしまう程であった。事実をただ淡淡と並べたようなものなのにと大いに戸惑った。

その時、「言葉が人間に与えられたのは、考えていることを隠すためである」という名言を思い出した。

自分の書いた文章に反吐を催《もよお》すのはまさにその通りで、キャリアのない素人には上手に隠せないのは当然の結末だ。

しかし私と同じ経験をした人が偶然いたのにはビックリ。

後述で紹介する作家の高橋三千綱氏の長女・高橋奈里さんの書いた『父の最期を看取った日々』（青志社）の「あとがき」に書いてあった。

そんな時、『エッセイを書いてみませんか』と阿蘇品社長は私に声をかけてくれた。そして私は人生初のエッセイを書いてみようと決心した。

文章を書くことは、まだまだ私にとっては未知数だ。

でも、書き上げてみて分かったこと、それは、テクニックなんかより、自分の思い、感情を、いかに正直に素直にありのまま伝えるか。
これが大切なことなのではないかと感じた。
父は死をもって、文章を書く楽しさを私に教えてくれた。そして私は、今まで42年間避けてきた文字の世界に、今更ながら飛び込んでみたくなった。(後略)
私は確かに書くことも考えることも若い頃より好きだった。そして今度書いてみて分かったことは、「楽しい」ということであった。好きで楽しければ、幾ばくの残り少ない命も退屈することなく孤独に耐えられるだろうと思い、書いてみたものです。

考えるのは面倒なことと思っている人が多いが、見方によってはこれほど、ぜいたくな楽しみはないのかもしれない。

(『思考の整理学』外山滋比古著、筑摩書房)

亡妻のこと

書き倦《あぐ》ねている。どこをどう書いたらいいのか散々試行錯誤したあげくが矢張りダメだった。今、評判の『月夜の森の梟《ふくろう》』（小池真理子著、朝日新聞出版）を読むと、現在の私の心境に孜々《しし》と迫ってくる。さすがだと思う。

結局、書けないのは才能・文才に至らない己の無才無能のせいだろう。だからといって今更やめるわけにはゆかない事情がある。

亡き妻と約束したことでも誰かとの約束でもない。ただ自分との約束である。私達はごく平凡な夫婦で、最期には大過なく無事、偕老同穴《かいろうどうけつ》を果たせると思っていた。予定は未定であって、しばしば変更あり、という通りそう都合よくいかなかった。それも十年早く逝ってしまい、はや三回忌を迎える月日がたってしまった。その間の悲しみは今も猶《なお》癒えることもなく深く心の底に沈潜してしまった。だからといって消えてしまったという訳でもなく、浮かんだり沈んだりの繰り返しだ。その浮いてくる悲しみを抑える為にも妻の闘病生活の全記録を書き残し、一時《いっとき》でも忘れようと願った。結局これが書き倦《あぐ》ねている心を徐々に動かした。

かなりの時間を要した。日記、備忘録、日付の欠けた乱雑な走り書きのメモの山。これらを整理し正確に順序立てる作業も大変だった。

その合間に死後の手続きをやり、未整理の大量の遺品整理をした。不馴れな家事もやった。

当初は諦めかけたこともあったが、やめようとすると、あの悲しみと、いたらなかった介護への後悔がどっと押し寄せ、居たたまれない気持になる。

それを逃れるには書くことを継続する外ないと。

結局冊子は完成させた。

それは乳ガン再発以降の、通院治療から重症化による入院治療、そして最期のホスピスへと、三年十ヶ月にわたる期間である。

治療内容と症状は出来る限り詳細に書いた。

殊《こと》に治療内容など、いくら詳細に記述しようと他人には興味のひくことではない。寧《むし》ろ退屈であろう。

しかし私には、その細かい治療法と薬剤の名を見ると即座に、その日、その場所、妻の顔、そして先生の対応等が頭の中に浮かんでくる。勿論《もちろん》哀しみと傷みを伴って。

まだ入院前のほとんど歩行に困難のない頃、度々遠出の散歩に連れ出した。今思うと可成り辛い散歩もあったと思うが、一度として音を上げることもなく終始穏やかな容子《ようす》をしていた。

しかし心中は治療の辛さと生と死の狭間《はざま》で心は葛藤し渦巻いていたのではないか。散歩の途中、ベンチに腰かけ面変《おもが》わりした、妻の生気の失せた空虚《うつろ》な横顔が浮かんでくる。

その深く沈んだ様子に声をかけることが憚《はばか》られ、私も黙言を押し通した。

あの時の勇気のない自分を恥じる。

その時「大丈夫」の一言か、黙って手を握り、肩を抱き寄せてあげることがどうしてやってあげられなかったのか。

恐かったのだ。普段やらないことをして、逆に妻にあらぬ疑念を抱かせることを。

妻の生を信じる夫の揺るぎない態度を見せることが大事だと信じていた。

しかし今から振り返ると、一寸《ちょっと》違うと思える。

妻の末っ子で甘えん坊だった性格を考えると、気丈な夫の態度より、共に嘆き悲しんで泣いてくれる方が慰められたのかも知れないと。

しかし苦しい治療の筈《はず》なのに、愚痴らしい愚痴をこぼさず我慢していた気がする。

もともと妻は自分の体の調子に対して、人より敏感に反応するタイプで、再発の際、私は非常に心配した。

しかし杞憂《きゆう》におわった。十五年前の発症時は私に告げた時は泣いていた。今回は意外と恬淡《てんたん》と報告してきた。しかし内心は可成りショックであったのではないか。

発症、治療から五年たてば、先ず安心という時代に十五年近くも無事に過ごしてきて再発したのだから、心穏やかでいる筈がない。

再発したら高い確率で死亡するということを当時は知らず、後になって知った。妻も知らなかったような気もするし、薄々感づいていた気もする。

今になって考えると、余命を知ろうとしなかったことが私の大失敗であった。

今後の治療方針を訊《き》く為に二人して主治医を訪れた時、私が「ステージは」ときくと、先生は言下に「再発にステージはない」とキッパリと告げた。

この時「何故」と聞き返すべきなのに、大事な時に変に納得して黙ってしまった。それが亡くなった後、すべての過失、後悔の原因になったのだと気づかされた。

平素の私なら何事であれ、相手かまわずズケズケと物を言うタイプで、顰蹙《ひんしゅく》を買うこともしばしばあった。

しかし妻の病状に関しては終始臆病となり、ハッキリと事実を把握することを躊躇《ためら》い、非常に恐れていた。

それは喪《うしな》う恐怖に耐えられないと感じていた為である。

愚かな悔い

自宅介護の為のリフォームが完了したその日に、妻は逝ってしまった。間が悪いというのか何をやっても後手になり、無能の謗《そし》りは免《まぬが》れない。

今はリフォームの跡が一層虚しく哀しい気分にさせられる。

亡くなる五日前、妻と私と担当医と看護師の四人で自宅介護の話し合いをした。その際、突然妻が「あなたには無理」ときっぱりと断言したのには驚いた。

了解しているとばかり思っていた。その為のリフォームの説明もし、頷《うなず》いてもいた筈だ。急な心変わりの理由を訊くも先の言葉を繰り返すだけであった。後で訊く心算《つもり》で打ち合わせは在宅医療専門の良い医師を紹介するので安心するようにとのことで終了した。

妻は疲れたのか寝入ってしまった。私はリフォームが済めば先生と相談し、自宅に連れ帰る覚悟をしていた。

しかし皮肉な結果で終わってしまった。

のちになって、時たま思い出すと、何故妻は無理と断言したのかといまだに考え倦《あぐ》ねている。

勿論思い当たる節がないわけではない。

真っ先に浮かぶのは、死に対する恐怖より、末期の痛みに対する恐怖心の方が大きかったのではないか。

ホスピスならどんな痛みにも直ぐ対応してくれる看護師も担当医もいる。

しかし、自宅で万一の事態になっても、素人の主人一人では直ぐに対応することは難しい。その間の恐怖と痛みを考えると耐え難く心もとないと感じたのかも知れない。

次に、私に対する不信感と嫌悪感があったのではないか？

それは入院からホスピスでの死に至る二十日余の間に、私は二度ほど怒りをあらわにして妻を叱責したことである。

生来妻は穏やかで、どんな不快な思いをしてもひどく穢《きたな》い言葉や乱暴な言動をしない。今迄に一度もないと思うと実に稀有《けう》な人である。

志賀直哉氏の最後の弟子阿川弘之によると、氏の夫人が弟子の不行跡を叱責する時、当人達は叱られた気が全然しないと笑っていたという。

阿川は、これは下級公卿《くぎょう》の出の夫人が穢い言葉を何一つ知らない為だと言っている。

正に光子も同様だと思った。

私の周りには男女の別なく平気で乱暴な物の言いようをする人達がいる。

よく言えば江戸っ子のべらんめえ口調である。

私など子供の頃より当たり前と思っていたので、知り合った当初の妻は実に新鮮だった。

しかもそれが五十年近く続くとは思いもしなかった。

普段でもこの乱暴な口調の叱責に不快感を抱いていた妻は、ガン闘病で苦しんでいる最中《さなか》の私の暴言には一層許し難く、亦《また》悲しい思いをしていた筈だ。

常々闘病で苦しんでいる光子に不快な言動や行動を慎んできたつもりにもかかわらず、単純な性癖が災いして、ついカッとして酷い叱責をしてしまう。後悔はしても手遅れであった。

そしていまなお光子が苦しい闘病生活の中で、どんなに哀しい思いをさせたのかと想像するだに、身の震えと慚愧《ざんき》の念に駆られる。死んでしまいたいほどに気が滅入ってしまう。

愚か者は、肝心な時さえ愚かなことをするものだ。

しかし、封印してきたその暴言を思い返していま書くことは、私自身大変な重荷である。

しかし書かねばならぬ。

それは飯田橋の病院へ緊急入院して十日足らずの頃である。病状が一段と悪化して、その苦痛に耐えかねたのか、ホスピス行きを口にした。

未だ病状が進んでいない時に万一の為に二人で各所のホスピスを見学し、二つほど病院に入所希望を申し込んであった。

それが妻の念頭にあったのか、治療の効果が一向に上がらず、逆にその副作用の苦痛は一層酷くなる一方、そこでのホスピス行きの選択だった。

面会時間の終わる夜の八時過ぎまで二人で話し合った。この時の話し合いの具体的内容は日記にも記憶にも残っていない。

いくら病状が悪化したからといえ、自らホスピス行きを希望する人は少ない筈。闘病の限界を悟ったのか、死の予感を認識したのか、孰《いず》れにせよこの生死を分ける決断の妻の心の中のことが一切記録に残っておらず、記憶にもないのはいかがしたものか不可解である。

ただ、はっきりとしていることは、翌朝の先生の回診時に二人揃ってホスピス行きを告げようと固い約束をしたことである。

翌朝私が病室に顔を出すと、いきなりスッキリした様子で、

「今朝病室に来た先生に早速ホスピス行きを伝えた」と言う。

それを聴いた途端、私はカッとなり、いきなり強い口調で、

「二人揃って話すと約束したのになぜ勝手に一人で言ったのか」と詰《なじ》ってしまった。

光子は余りの強い口調の私に、

「周りに聞こえるから談話室に行って話そう」と言う。

談話室に行っても繰り返し詰った。謝っている光子の半ベソの顔を横目で見て私は、

「勝手にしろ、後は自分一人でやれ、俺は帰る」と絶対言ってはならぬ暴言を吐いた。勿論本気ではない。

かっとして癇癪《かんしゃく》を起こすと、我を忘れ言わずもがなのことを言って平気でひとをキズつける悪癖がまた出てしまった。

そして帰るふりをすると車椅子の光子がその私の腕に縋《すが》りつき、「帰らないで」と涙を流して哀願する。

それを見た私は瞬時に冷静さを取り戻し、己の卑劣さと残虐さに気づいた。

それは光子が昨夜ひとり孤独に堪え、ホスピスに行くということが何を意味し、どんな結果になるのか悶々《もんもん》と苦しみ悩んで漸く自分で出した結論であった筈。二人で相談などと言う前に自分の心の中の整理が必要だったのだ。そしてそれが永い間ひとり苦しみ葛藤していた心に、初めて安堵の心をもたらしたのかもしれない。

だから私との約束など忘れ、先生の顔を朝一番で見た途端、その決心が揺るがぬうちにとスッキリした顔で報告してしまったのだ。

しかし、どうして怒る前に私は「なぜ？」と聞いてやらなかったのか、さすれば光子は自分の心組みを打ち明けてくれた筈だ。

それができなかった己の人間としての浅慮に今更ながら絶望した。ましてガン闘病で苦痛と死の恐怖の最中《さなか》の光子に、よくこんな非道な弱い者苛《いじ》めの如き卑劣な真似ができたと自己嫌悪が胸をさす悔いとなった。

それが後々に深い心の傷となって今も猶自分自身を苦しめている。

そして「年とって泣く時が人生の解るとき」と言った鈴木大拙の言葉がつくづくと身に沁《し》みた。天の罰だ。

「愛するものと暮らすには一つの秘訣が必要だ。相手を変えようとしてはいけないことである」シャルドンヌ

「愛するは仕えることよ敬老日」前田万葉の句集『雲の峰』より

『がんと一緒にゆっくりと』を読み終えて

著者は絵門ゆう子（元NHKアナウンサー・池田裕子）氏である。

三年前に亡くなった妻と同じ乳ガンの闘病記である。

私が今まで読んだ研究者、医師、作家等の書いた癌医療本の中で、これほど感銘を受けかつ勉強になった本はなかった。

又、癌に罹患《りかん》した医師の本も読んだが、勉強にはなっても胸に迫ってくるものがない。

筆力もさりながら、彼女の赤裸々な病苦の告白が妻の病苦と重なり、しばし本を閉じ涙することがあった。殊に、よかれと思ってやったことが病人の妻に酷い仕打ちになっていたことに気づかされた時の自責の念は、私のトラウマになってしまった。

今更申し訳ないと頭《こうべ》を垂れようと、妻は既に黄泉《よみ》の人と思えば、一層己の罪の深さに自分を責める。

何故これほどまでに共感できるのかと不思議に思い、よくよく考えてみると、筆まめな私が筆無精の妻にかわって三年八ヶ月（再発から亡くなるまで）の日々の闘病生活を記録に残し、死後一年かけて『（光子の）病来日抄』として冊子にした。

彼女が苦しみもだえながら書きすすめた著述の如く、私も又悲しみ苦しみを抱えて漸く書き終えた。

このことが私の共感を呼んだのだろう。

しかも再読すべき大切な本として常に机上の手の届く処《ところ》に置いている。その後懸案だった四冊の冊子を完成させた。五冊目としていよいよ妻光子の心想を具体的に書く段になって、先ず氏の著書を熟読玩味した。

その感想が先述の思いである。そしてプロとアマの違いをまざまざと思い知らされた。取り敢えず『病来日抄』をベースに書き直しを試みた。しかしその半ばで読み直してみると、文章の手直しが脚色じみてきて吐気を催すぐらい嫌悪感を覚えて中止するほかなくなった。

もともと『病来日抄』は、受診から治療まで妻に付き添い、亦入院に際しては朝から夜まで毎日付き添って看護した。家には寝るだけに帰る。その時間のないさなか簡単な日記とその都度大事なことはなぐり書きのようなメモを大量に残し、その資料をもとに有りのまま書いただけだ。

まとめは誤字・脱字の訂正以外は原文のありのままの記述とした。それを未だ心の痛みの癒えぬ時に、文章そのものを考え直して書きかえるなどできる筆力でも精神状態でもなかったのだ。

だから結果から言えば、それがプロとアマの違いとなって表れたのだ。仕方のないことだ。

私の文章と我《が》を捨て赤裸々な告白の彼女の文章とは、天と地のひらきがあることをしみじみと知り絶望した。

プロとアマの違いは重々承知の上でも、無念の思いは消えない。

勿論、出版して買って読んでもらおうなどと露ほど考えている訳ではなく、同じ乳ガン患者としての地獄のような病苦に朽《く》ち果てた妻の孤独と不安と拷問の如き責め苦……。これらを正しく理解してもらい、今後同病の人々の役に立てれば幸いであると。

しかし、この著書で大袈裟でなく青天の霹靂《へきれき》の如き衝撃を受けた。自分の愚かさと癌の怖さと医療機関の患者軽視に。

長文になったが、著書を読んでいない読書子の為にあえて紹介した。是非一読をお勧めする。

癌になったら「平静」さが大事

人生の岐路に立ったとき、亦生死の関頭に立った時、何《いず》れにしても平静であれば判断を違《たが》うことはない。

ところが癌の告知を受けた患者の多くは、途端にその平静さを失う。医者は一度失ったその平静さを取り戻そうとする患者にその間《ま》もあたえず、見透かしたその動揺につけ込んで矢継ぎ早にいろいろの治療法を押し付けてくる。

そして医療ベースにのせ後戻りできぬよう籠の鳥にする。

その決め手となる決め科白《ぜりふ》は、「大丈夫」である。

これらは事実大袈裟なことではなく、私自身の経験でもあり絵門ゆう子の著書『がんと一緒にゆっくりと』（新潮社）の中により詳しく書いてある。

普段大きなことを言って健康を過信する人や、貪食《どんしょく》で不摂生を自覚せず養生を怠る人も、いざ告知となれば誰でも死にたくない。命は惜しい。それが平静さを失う落とし穴だ。そして正しい判断を損《そこな》う。

二人に一人が癌になる時代、いざ突然の告知にも周章狼狽《ろうばい》せず、よりよい判断のできるよう前以《もっ》て心の準備をすることである。

その為に大切なのは、医者も医療も「信頼しても信用しない」こと。医者も人間、いろいろの価値観や性向や思惑もある。殊に保身と打算に固執《こしつ》する医者は要注意である。

同時に完璧な医療も存在しない。民間療法には特に注意が必要である。

西洋医療の標準治療と称するものも、完璧どころか、やる気のない無責任な医者の隠れ蓑《みの》となっている。

標準治療は、国がこの治療をしていれば無難ということで完治することを保障したものではない。

西洋医療・民間療法双方とも玉石混淆《ぎょくせきこんこう》のある中、正しい医療を受けることは難しい。

そこで大切なのが患者側の冷静（平静）さである。

患者に対する医者の脅しの常套句《じょうとうく》は、

「いま治療すれば治る」「いま治療しなければ危ない」の二つである。

医者にとって、先ずは治すことより治療することを優先する。医者も商売と言ってしまえばそれまでだが、生命《いのち》を担保にしている患者側からすれば、生命が助かる治療をして欲しいと願うのは当然である。

ところが現実は、患者個々の生命を蔑《ないがし》ろにした標準治療という名を借りたベルトコンベア式の治療をしている。

癌にも百人百様の人相があるという。

しかし医者が患者一人ひとりのよりよい治療を求めていたら、極端に効率の悪い診療になる。収入も減る。経営も悪化する。

現在の医療体制ではいかんともしがたい。

とすれば、患者は自分の身は自分で守るという基本に立ち戻ることである。

その為には平静を失わない、医者の言葉を鵜呑《うの》みにしない、ケース・スタディーや治療情報を蒐集《しゅうしゅう》、勉強する。

仮にいますぐ治療をしないと危ないと医者に言われても、一、二ヶ月は動かない。

その結果最悪の状態に陥ったとしても後悔しないこと、即ち死の覚悟をしておくべきだ。

その死の覚悟こそ「平静」さを保つ原点だ。

医者の患者に対する選択肢は治療という手段しかない。しかし患者側には三つの選択肢がある。西洋医療、民間療法、放置療法（自然死法）である。

その医者のすすめる唯一の手段たる標準治療は、手術にしろ抗ガン剤治療にしろ放射線治療にしろ、いずれも患者の体にダメージを与え寿命を縮めることがしばしばある。

民間療法も効果がないだけならいいが、一歩間違えば死へ落ちかねないものもある。

その点、一切の治療を拒否した自然死法は、一番肉体にも心にも負担の少ない方法である。

現在の私が選ぶとすれば自然死法である。

高橋三千綱は自著（『作家がガンになって試みたこと』岩波書店）で、〝「ガンだ」と医者がいうものの九十パーセントはフェイクだ〟と言い切っている。読むとその理由《わけ》が分かり納得する。

氏は肝硬変で余命四ヶ月と告知されてから二年三ヶ月しぶとく生きて、今度は食道ガンになり手術、その後胃に転移するも手術拒否宣言する。

紆余曲折あるも「三千綱《みちつな》ほっとけ療法」を実践、生命を永らえられた。

これは医療不信に対する氏のしっぺ返しである。

医者は治療しなければ商売にならず、製薬メーカー、マスコミと組んで、あの手この手を使って患者を作り手術台に載せようとする。

何が正しいのか分からない患者にとって、これを拒否することは難しい。せいぜい癌の告知を受けて慌ててにわか勉強するのが関の山で、殆《ほとん》どの患者は医者任せである。だから助かる人も出るが、死ぬ人も殺される人も可成り出てくる。

告知後のにわか勉強は、大火事になって慌ててバケツを持って消火にかけつける如く手遅れである。要は平静さを失っての判断力に正しい判断を下すことは不可能だ。

有名人のガン治療のケース・スタディーをみても一目瞭然である。（氏の著書には川島なお美、小林麻央、スティーブ・マックイーン、なかにし礼、中村勘三郎、玉村豊男の例あり）

癌になってから、又告知されてからの判断力に難があるとするなら、事前の勉強が大事ということになる。

しかし乍《なが》ら癌になることを前提に勉強することなど、忙しくて健康な人間に出来る筈はなく、余程病気に対する恐怖心をもっている人以外は無理だ。その人達さえ、いざとなると平静さを失い、迷い苦しんで判断に間違いを犯す恐れがある。

斯《か》く申す私も、常日頃肝に銘じていた平静さを忘れて妻を死なせてしまった。生前に両氏の著書に触れていたら最悪の状態を免れたと思うと臍《ほぞ》をかむ思いで、万感の悔いが残った。（この二冊は是非一読をお勧めする）

死を覚悟した平静さではなく、頭で理屈で捻《ひね》りだした平静さでは、いざという時何の役にも立たぬどころか危険な判断を下してしまう。

「死を覚悟」した平静さの重要性を惟《おも》う時、必ず頭に浮かぶ人物がいる。

それは終戦後、東京裁判でA級戦犯として戦争責任を問われ処刑された広田弘毅《こうき》元首相である。
被告の中には、他人に泥をかぶせ命乞いに狂奔する者もいるなか、「自ら計《はか》らわぬ」ことを信条としてきた広田。死に至る戦犯裁判で不利を覚悟で沈黙を守り通し、一切証言台に立つことを拒んだ。そして戦争回避に努力したにもかかわらず、政治的裁判の犠牲となり、唯一の文官として処刑された。（多くの減刑運動も実を結ばなかった）
老いても相思相愛の仲の妻静子は、夫の覚悟を察し、夫の未練を少しでも軽くしたいという願いから裁判の最中に自害した。未だ判決の出る前である。
この二人の覚悟はどこからきているのか。城山三郎著『落日燃ゆ』（新潮文庫）によると、

広田は、事情はともあれ、戦争を防止できなかった責任を痛切に感じていた。その罪ははっきりしている。それに、自分が有罪になることで、天皇を免責にしようと考えた。

この裁判で文官のだれかが殺されねばならぬとしたら、ぼくがその役を担わねばなるまい。

（中略）

夕御飯には、静子は一家の好物である五目飯をつくった。娘二人と正雄夫婦を相手に、久しぶりに話もはずんだ。風呂から出たあと、もう一度、話の仲間に加

わったほどであった。

このとき静子は、話の合間に、「これまで楽しくくらしてきたのだから、もういいわねえ」などとつぶやき、また、広田を楽にして上げる方法がひとつあると、謎めいたこともいった。

どういう話のきっかけからか、乃木大将夫妻の殉死のことも話題になった。杉山元陸相夫人も、杉山を追って自決している。妻は夫より先に死ぬのがいいか、後を追うべきかなどという話になった。

このとき静子ははっきり、「わたしは先に死ぬわ」といった。そして、翌朝早く、床の中でそのとおりになっている静子が発見された。遺書はなかった。享年六十二。

貧しい玄洋社幹部の娘として育った静子には、死についての覚悟ができていた。また、広田の逮捕に玄洋社のことが暗いかげを落しているという風にも考えていた。

二人は老いてまで相思相愛の仲であった。自分を幸福にしてくれた夫の巣鴨での生活を思うと、静子は居たたまれぬ思いがする。

裁判の前途は、楽観できなかった。広田が覚悟を決めていることも、静子はわかった。最悪の事態が訪れるとき、夫の生への未練を少しでも軽くしておくためにも、静子は先に行って待っているべきだと思った。いま、妻の自分にできる役目は、それしかない。

（後略）

広田はこの不法なでっちあげの裁判で減刑又は無罪になる公算大であったにもかかわらず、又その判決のいかんにかかわらず、死の覚悟を決めていた。人間、生命の助かる道があれば、それにすがりつくのは当然であり、仮に死を覚悟していたとしても、人を陥れても助かろうとする。

しかし、広田は一切ぶれず、人も陥れず、不利と知りつつ沈黙を守り通し処刑された。妻静子は、その夫の覚悟を知り、判決の結果を待たず自害した。

広田にとって他人がどう庇《かば》ってくれようと、どう慰めてくれようと、彼の中では為政者の一人として戦争回避の出来なかったことが、悲惨極まる敗戦となった現実を見て、死に値する責任だと覚悟を決めたのであろう。

A級戦犯指名は、その好機と思い、動ずる気配が一切なく、そこが他の戦犯と異なるところであった。

しかし運命は皮肉だ。戦争回避に努力した人間と、ひたすら戦争に邁進《まいしん》した人間が同じ刑場で、同じ日、同じ時刻に刑に処されるとは。

二人は助かる途《みち》を自ら断った。「死の覚悟」をもって「死の道」を選んだのだ。

又、常に二人が平静で動ずることがなかったのも、死の覚悟をもって「死の道」を進んだ為であろう。


己の悔恨を書く為に一寸冗長に過ぎてしまった。

実は妻光子の乳ガン再発以前より、万一何かしらの癌になった時、症状の軽重にかかわらずガン治療は一切受けず、自然の成り行きのままに任せるという方法を第一選択肢としようと話し合っていた。

ところがいざとなると、再発の告知を受け、抗ガン剤治療で大丈夫と請け合ったT大病院のT大出身の主治医の言葉に、前後の見境なく乗ってしまった。

しかし、抗ガン剤治療は殆ど効果はなく、寧ろ症状は悪化し、気がつけば後戻りできぬ死のスパイラルに入っていた。

その間の抗ガン剤等による治療の副作用は、筆舌に尽くし難いと思うほどの苦痛が襲ってきた。

結局自らホスピス行きを希望し、十日後に旅立った。

今更後悔したところで何にもならぬことは百も承知している。しかし私の愚かさを無駄にしたくないので、亦少しでも人の役に立てばとの思いで書いている。

先ず私が平静を失って従前の二人の約束事を忘れ、主治医の大丈夫という一言に飛びついたのは、悪化する前に一日でも早く治療し治したいと一途に思い込んでしまった故である。

愚かなことに、乳ガンを発症して十数年がたち、且つ齢《よわい》七十の身の妻に二、三ヶ月の治療の遅れが、癌の進行を急速に悪化させることなどない。にもかかわらず、何を血迷ったのか慌てふためいて、主治医の「大丈夫」という決め科白の口車に乗ってしまった。

何故平静を失ったのか考えてみると、「死の覚悟」のない平静さであった為である。

脆弱《ぜいじゃく》な土台の上物《うわもの》は、何かあれば即座に崩れ落ちるは自明のことだ。しかし凡愚には痛い目にあって初めて気づかされた。万事休すである。

二人に一人が癌になる時代である。今、癌に罹患し告知を受けても何の不思議もない。

普段覚悟を決めておけば動揺することもなく、冷静に自分の病と対峙《たいじ》できる筈である。

ところがあらましの患者は周章狼狽、頭の中は真っ白になってしまう。

そこで一歩踏みとどまり、不用意な行動を慎むことである。

オレオレ詐欺が横行し後を絶たないのをみれば分かることである。

医療（治療法、医師、病院の選択）の失敗により、命を落とすのも全く一緒である。

ただ、一歩立ち止まって己の癌と向きあっても、素人にはどうしていいか分からない。

戸惑うばかりだろう。

そこで、失敗した私が言うことではないが、一つだけ言わせて欲しい。

急いでガン治療をしようと、一切の治療を拒んで自然のままに放置しようと、その先にあるのは死である。だから治療すれば必ず命が助かる訳でもなく、逆に放置したからと言って助かるという訳でもない。

何が異なるかと言えば、抗ガン剤治療の選択は、毒をもって毒を制すという治療のリスクに己の体が敗けてしまうことである。その時は地獄のような苦しみが残るだけ。

一方、自然放置は己の体が癌にどのくらい立ち向かうことができる余力があるかで命が決まる。

いずれも失敗すれば最後はホスピス行きである。ただ毒に体をボロボロに侵された治療組と毒に侵されない自然放置組では、苦しみにも死顔にもハッキリ差が出るという。

妻の乳ガン再発に際し、医師の蜜の言葉に乗せられて結局失敗した。告知を受けた時に、当事者でない私が本人より先に泡を喰って突っ走ったことが誤りの始まりである。

あの時、人の言を簡単に信じず、平静に残りの生命の有り様を二人で徹底的に話し合うべきであった。行動を起こすのはそれからでも遅くはなかった。

失敗して亡くなってしまってから言うのは、言い訳めいて卑怯《ひきょう》な気もするが、矢張りガン治療は避けて、自然の儘《まま》に任せた方が苦しまず命を永らえた気がする。

然《しか》し、今の私のように齢《よわい》八十を越えていたら決心もつくが、七十前の妻では決心することは難しい気もする。

況《ま》して、治療すれば治るという医師の言を無視して一切の西洋医療を拒否することは、並の人間には至難だろう。

身近にガン治療に苦しみ失敗した人を見ていたら考えも変わるが、そうでないと決心のつけようがない。

だからそれを実際に見た私は告知を受けても一切の治療は受けず、自然に任せると固く決心している。しかしその経験のない妻に強制することは無理だ。

命を惜しむのは妻だけでなく、どんな強く立派な人でも全く一緒、何ら変わることはない。

その上ガン治療そのものが癌を悪化させるという宿命の事実がある。

余程軽度で治療法も適切で医者にも病院にも恵まれていればうまく難を免れるが、しかしその三つのうち一つでも欠けていたら、命を失う危険が生じる。

正に妻は治療を始めてから病状を悪化させた。今思うと病状にあわない抗ガン剤は、ただ単なる毒にすぎず、治療するどころか毒殺になりかねない。

しかし医師は患者の症状など無頓着に、標準治療という安直で何があっても免責される治療を平気で押しつけてきた。それが為、日増しに主治医に対する信頼感は失われ、不信感を抱くようになった。到頭《とうとう》主治医をかえた。

次の主治医の遺伝子検査で、妻の癌は「BRCA1・2」という遺伝性の乳ガンと分かる。最新の治療薬である分子標的薬「リムパーザ」が使えることになり共に喜んだ。

しかし残念な結果となった。効果がなかった。分子標的薬なら当該患者の六、七割に効果があるものと勝手に素人考えを持っていた。しかし主治医に訊くと四割程度だという。妻はその線にもれたのだ。

しかし抗ガン剤治療を始める前に遺伝子検査をして、遺伝子情報（ゲノム）を解析して「リムパーザ」を使っていたら、違った結果になったのかも知れないと密《ひそ》かに独りで残念がった。

当時いろいろな危険で効かない抗ガン剤で体をかなり痛めつけていた。再発告知の当時の体は健康そのものに見え、本人も自覚症状は一切なく、年一回の検診で分かったことにビックリしていたぐらいだ。

検診などやってなかったら、今も元気でいたかも知れない。世の中に検診不要論が言われはじめてきた。若《も》し検診をせず末期に到ったら、逆に躊躇《ちゅうちょ》なく自然死を選択しただろう。その時は抗ガン剤を使わないキレイな体だから、「リムパーザ」も効いたかも知れない。

癌の告知で命が惜しいと思った患者が選択する道は、先ず西洋医療であり、自然死を選ぶ患者はほんの一部である。我々は西洋医療を刷り込まれ、いつのまにか病気を治すのは西洋薬であり西洋医療と勝手に思い込んでいる。

自然死の選択は、ただ手をこまねいて死を待つだけというイメージしか湧いてこないが、一方、西洋医療は完治させてくれる、又は最悪でも延命できる見込みをもてると、これもまた勝手に思い込んでいる。

だから大概の患者が西洋医療に囚《とら》えられてガン治療を選ぶのは仕方ない。自然死は症例も殆どなく国も社会も公認していないマイナーな死、アウトローの死とみられている。

その上いくら本人が自然死を選択しても、周囲は挙《こぞ》って反対する。それを振り切って実行するのもなかなか困難で勇気もいる。

その点我々夫婦に子はなく、頑《かたく》なに反対する姻戚もなく、二人の納得と決心だけである。

西洋医療の手術・抗ガン剤治療・放射線治療等は、標準治療という国の決めた治療法であり、患者に十把《じっぱ》一絡《ひとから》げの治療をし、当たるも八卦《はっけ》当たらぬも八卦の運・不運に任せる。これは患者の病状を把握しての治療ではない証左である。

現在の保険制度ではいたしかたない。外れた患者は抗ガン剤治療と手術の後遺症と放射線治療のダメージを残し、その結果そのダメージの地獄の如き悲惨な苦痛が待っている。最後はホスピス送りになる。

しかも患者が悲惨な結果に終わろうと、医師達は何の痛痒《つうよう》も感じず、それからも平気でガン治療の日々のルーティンワークに励んでいる。

それが標準治療という名の悪弊である。患者の体は個々に違い、千差万別といっていいくらいだ。健康保険制度は誰でも平等に治療を受けられる為の便法であり、多くの人が治療を受けられる効率重視の考えである。その差別のない治療が逆に新たな個々の患者の差別を生んでいる。その点、金のある人は自分に合った先進医療、再生医療を選ぶ。

いずれにせよ大切なことは自然死も深く学ぶべきであり、それが又患者にも西洋医療にも役に立つ筈。自然死は老衰死に似た最期だという。

俳優の緒形拳は肝臓ガンになり、仕事ができなくなるからと手術も抗ガン剤も拒否、最後の仕事を終え、数日後に肝臓ガン破裂で亡くなった。

看取った津川雅彦が、

「実に安らかに、全く苦しむ様子も見せず、名優らしい、カッコいい、立派な最期だった。俺もあんな死に方をしたい」と言ったそうだ。

これは特別なことではない。自然死の一般的例である。

しかし逆に手術・抗ガン剤治療は、一時的に治っても亦再発・転移にみまわれ命を落とす。結局どちらが早いか遅いかの違いだけ。延命もどちらが長いか短いかだけ。その西洋医療の対極にある自然死の公のデータがない。その為、正確に比較することはできないの

が残念だ。（勇気と忍耐が必要だが、「何もしない」という選択がよい結果を生むことがしばしばある）

人は自分の癌に対して無頓着で、医者の言いなりの丸投げにする人もいれば、可成り神経質な人もいて、民間療法やら先進医療に手をのばす人もいる。

いずれも命の長短に対してさほど遜色がない。

自分の細胞がガン化するのだから。

最後に、ガン告知された患者にとって最も大切なことは、常に平静を保ち己の癌とシビアに対峙することである。それが幾多の抗ガン剤治療より最適な味方となる筈と信じている。

芸事は「師匠選びも芸のうち」と言う。病気もまた同様に、「医者選びは本復《ほんぷく》のもと」だ。

記録は記憶

生きているってことは死ぬことより楽だから、と常々思っていた。

光子が自分で決心してホスピスに入り、十日余りで逝ってしまったのは、生きるより死ぬ方が楽だったのかもしれない。

このホスピスは乳ガンが再発して間もない頃探し求めた時の、二つのうちのその一つである。

その頃は症状も好転も悪化もしない時期で、何故ホスピス探しなどしたのか、その理由《わけ》が今考えても見当がつかない。

本人の希望だったのか、私の提案だったのか？

亡くなって早三年、当初の悲しみが一向に癒えないというのに、あの苦しい闘病生活の記憶が段々と薄れ消え去ろうとしていることに戸惑いと老化を感じる。しかし、若し老化なら、寂しさも悲しみも共に薄れてゆかないのが不思議だ。

昨夜、乱雑に積み重ねた資料を整理していると、全く忘れていた光子の「治療通覧」が出てきた。

当時、何事であれ記録することの大事さが骨身に沁みて感じ入っていた頃で、光子の治療の過程もできうる限り詳細に記録を残そうと決心し、書き残したものである。

読み返すと当時の治療の日常が淡々と書き連ねられている。しかし、その文面の裏に潜んでいた苦悩（恐怖と不安）が、瞬時に当時と寸分違《たが》わぬ儘甦《よみがえ》って来る。

記録は、当時の記憶を思い起こさせるだけでなく、感情も感覚も同時に甦らせるのだ。

この通覧を読み始めるが、一、二ページで当時の苦しみが甦り、読み続けることができない。

読み通すには時間をかけねば。

他人からみたらこの通覧など何程のことかと思うのは当然で、私が読んで、初めて私の苦境も光子の苦患も理解できるのである。

ともあれ、この記録は私にとって貴重な自戒自省を促すもので、いまは大切な記憶を思い起こす記録となっている。

先回、不要な資料を大量処分したにもかかわらず、なぜかまだ可成りの量が残っている。必要と考えて残したものだが、今ぺらぺらめくっていると是非残す程の資料でもなく、先回いっしょに処分すればいいものばかりだ。

しかもその量は想像以上に多く、苛立《いらだ》つほど。

苛々ついでに残りの資料を一挙に残らず処分しようと短気を起こすが、しかし今、大事な資料を探して、無いのは先回処分した中にあったのかも知れない。

とすると、今回も一気に処分すると亦大事なものを失うかもしれないと思いとどまった。先日も大事な健康保険証とマイナンバーカードを紛失した。

よくよく考えてみると、他のゴミに紛れ込んで捨ててしまった気がする。老人《としより》はゴミひとつ捨てるのも、よくよく注意が必要だ。但しゴミ屋敷のリスクもある。

性格と健康

自他共に「性格」とは厭《いや》なものである。

沢《ま》して自分の性格となると、時には卑劣で狂暴な生き物を飼っているのではないかと思う時さえある。

他人の性格にもしばしば信じられないことがある。

しかも大概は自分の性格を基準にして他人の性格を推し測る為に、余計理解不能になる。

まるで口中の己の唾は気にならぬのに、他人《ひと》の吐く唾《つばき》は汚穢《きたない》と罵るに似ている。

普段私は中立公正など唱えても表向きのことで、内心は嫉妬と忸怩《じくじ》たる思いで煮え繰り返っているというのが正直なところである。

人の幸不幸も大体は性格によるところ大である。

「運命は性格の中にある」とは全くいい譬《たと》えである。

だからなのか、私は他人の不幸におおよそ同情しない。

自分では冷たい質《たち》の人間かなと思っていたが、ところが面白いことを識《し》った。

産経新聞の「どうぞ、お先に」という連載コラムの中で著者三石巌《みついしいわお》（分子生物学）が、

「自分の健康管理ができないのなら、どうぞお先にあの世にいらしてください」という先生独特のブラックな警句を言っている。冷淡な人のようだが、自分の健康と理論に強い自信があるのだ。

人はそれぞれ自分の考えと方法で健康を守っている。

中には健康を守っていると言いながら、逆に壊している人もいる。

しかし以前に比べて最近では玉石混淆とはいえ、大変な数の健康本、栄養本が出版されている。

自分の健康に関心のある人なら大変役に立つ。

二人に一人が癌になり、三人に一人が癌で死ぬ時代、その発症する要因もほぼ明らかになっている。

それらを参考にすれば、自分の健康管理もしやすくなってきた。

なのにガン患者は減らずガン死も変わらない。これは如何《いか》に己の健康に無頓着な人間が多いのかの証《あかし》である。

健康で若いうちならそれでも何とか凌《しの》げても、中年になり躰のあちこちに衰えを感じ始めたら、癌の活動期に入ったと覚悟を決める時だろう。

勿論中高年でも元気な人も多い。それはこの歳《とし》から人間の体には個体差が生じてくる為で、黄色信号である。この時期に自分の体の健康管理を確《しっか》り持つようになれば、後半の人生も変わってくる。

即ち委曲を尽くして語っても自分の体と健康に真摯に向き合えぬ人を、先生は「お先にどうぞ」と言っているのだ。

自分の健康は自分で守らねば、医者であれ誰であれ守ってくれる人はいない。それこそ「お先にどうぞ」になるだけ。

作家小池真理子は、同じ作家で夫君の藤田宜永の死についてエッセイ(『月夜の森の梟』朝日新聞出版)を書いている。


夫は十五、六のころから煙草《たばこ》を吸い始めた。六十六歳で肺気腫と診断され、しぶしぶ禁煙するまで、欠かさずハイライトを日に三箱、空にしてしまうヘビースモーカーだった。

医者嫌いで、めったに検査を受けなかった。それが彼の、彼自身が頑《かたく》なに決めていた生き方だった。もっとも身近にいた私ですら、そこに入り込む余地はなかった。末期がんが見つかったら、あとは何もしないで死んでいくのがおれの理想、というのが彼の口癖だった。

そのため、いきなり肺がんの末期と宣告されても、意外性はなかった。ほうらね、やっぱり、なるようになっちゃったね、仕方ないね、という感覚。それは、不思議なことに、ぎりぎりのところで私たちを救った。

そんな時ですら、幼いころからの悲観主義は変わらずに私の中にあった。闘病中、それまで理想の死に方を豪語していた夫は、一転、生きたいと思い始め、そんな彼を見ながら、私は生来の悲観主義に取りつかれていた。（後略）

私も癌に見舞われたら一切の治療を拒み、病み衰えに任せる覚悟をしている。しかし、死が迫ってきたら矢張り同じように死にたくないと何かに縋《すが》りつきたくなるのだろうか。実際のところ夫君と同じ状況になってみなければ分からない。

「花の下より鼻の下」と言った仙厓《せんがい》も、臨終の際「死にとうない」と言った由。〈散る桜残る桜も散る桜〉と辞世を残した良寛も、その臨終間際に「何か言い残すことはないか」と問われて、「死にとうない」と答えたそうだ。


私自身は中年を迎えた頃、無意識のうちに摂生をしはじめた。先ず煙草をやめ、次いで酒もやめた。

苦労はしなかった。習慣的に吸ったり飲んだりするだけで、好きというわけでもなく強いという訳でもなかったことが幸いしたのであろう。

だから立川談志のように「酒や煙草を止めるヤツは意志が弱い」などと大見得《おおみえ》を切られ

ても気にならない。

八十になった今考えると、好きなことは死ぬまでやり続けたいと願った故の摂生であった。

中年になっても余り体力の衰えをさほど感じなかったが、さすがに残りの人生を考えた。好きなことを残りの人生で続ける為には健康が第一で、病気でもしてその時間を奪われるのは無念である。

人に抜きんでた才のない私にとって、己の好きなことを人に邪魔されず、亦病に侵されず続けることが唯一の救いであり生き甲斐である。

私が藤田氏なら、好きな小説を書き続ける為に摂生するだろう。

しかし「お先にどうぞ」になってしまった。才のない私が永生きしても仕方がないのに、才のある藤田氏が逝くのは残念だ。

性格は価値観をつくり価値観が運命を決定する。所詮仕方のないことなのか。


江戸時代の俳人瓢水の逸話がおもしろい。あるとき旅の僧が、伝えきく蝉脱の人柄にひかれて訪ねて来た。たまたま風邪かなにかをひいていた瓢水は薬を求めに出かけるところだった。

すぐ帰ってくるから待っていてほしと云い残して出た。旅僧は、さすがの瓢水も命が惜しくなったかと、立ち去ってしまった。帰ってこれをきいた瓢水、まだ遠くまでは行くまい。これを渡して、といって書いたのが、

浜までは海女も蓑着る時雨かな

であった。僧は大いに恥じたという。(出典不明)

面白い世をつまらなく

生きた男の人生に亡妻を道連れにしたのではないかと、今頃になって頻《しき》りに思い出す日々が続いている。現役を隠退しヒマになってまわりを見渡せば、この世界、面白いことだらけだと改めて感じ入る。

以前はその為には可成りの資金と体力がいると諦めていたが、今は才能も必要ではないかと思うようになった。

多才は才能が才能を生み出した結果であろう。

今、話題の女優でエッセイスト・ジャーナリストの岸惠子（九十歳）の活躍ぶりが話題になっている。

一九五一年映画デビュー。ヒロイン・真知子を演じた『君の名は』で国民的スターになった。加えて、普通の女優と見てきたものが違う。五七年に結婚した仏映画監督イヴ・シャンビは名家出身で、その豪邸などで高名な文化人と交流を重ねた。一方、中東や東欧、アフリカで過酷な取材も経験した。

これだけでも異彩を放つのに、現在国内での八面六臂《はちめんろっぴ》の活躍は到底九十歳とは思えない。

そして今後については「二冊本を書いたらさっさと死にたい」と笑っている。
この多才ぶりは、一つの才能の開花が次の才能、次の才能と生み出されたのであろう。
彼女の人生の面白さは凡夫凡婦の十倍、否一〇〇倍の面白さであろうと推測される。

故人ではご存知の、

◎瀬戸内寂聴（作家・天台宗僧侶　九十九歳）

◎橋田壽賀子（脚本家　九十五歳）

◎立花隆（ジャーナリスト・評論家　八十歳）

◎葛西敬之（国鉄民営化・元JR東海社長　八十一歳）

◎笹本恒子（報道写真家　一〇七歳）

◎森英恵（ファッションデザイナー　九十六歳）

◎ドナルド・キーン（日本文化研究者　九十六歳）

ほんの一部の人々を挙げただけだが、この人達の人物をよく識る人であれば納得が行く筈だ。

又、共通して持っているのは、凡俗の我々には縁遠い「ロマン」のある尋常一様でない大活躍ぶりの人生である。

そういった人々が日本中、世界中にたくさんいる。

それを指をくわえてただ眺めている人もいれば、それに触発されて身を投じ、挑戦する人もいる。

落語を聴いて面白い、映画を観て感激した、本を読んで楽しかった。その経験は誰彼ももっている。

そこから一歩踏み出せるかどうかである。失敗・成功は結果である。いずれの結果であれ、その過程で得た貴重な体験こそが挑戦者の宝である。

以前よりスマホの弊害が叫ばれて久しいが、現在猶改まる容子《ようす》は見られない。スマホなどいじらない私には何が面白いのか一向に分からないが、日本中の老若男女ことごとく飯より好きと夢中になっているぐらいだから、余っ程面白いのだろう。

然し指先を使って下ばかり向いてスマホいじりをしていることだけが面白いことと思い込んでいるようだが、上を向き前を向き自分の目で自分の頭で歩き出したら、如何にこの世に面白く楽しく為になることが多いか知って夢中になるだろう。

面白いスマホに夢中だと言うが、それは夢中と言わずして中毒という。

今の世の中、欲望の数だけ娯《たのし》みがある。そして今は才能の百花斉放《ひゃっかせいほう》の時代。

一生下ばかり見て終える人生も人生？　私はスマホより辞書が好きだ。


私自身、下をみたり指先を使ったりはしないが、生憎《あいにく》面白い世の中をつまらなく生きてきた人間の一人。だから大層なことは言えない。八十年の人生で三つのことしかやってこなかったからだ。

乗る（航空機）、騎《の》る（馬術）、書く（随筆）の三つである。

その内、馬術調教は五十年の永きにわたり続け、最後の愛馬の死（三十歳の天寿を全うする）と自身の七十五歳という高齢化で卒業した。

幼少の頃の憧れの飛行機乗りは、航空士として海自（海上自衛隊）の対潜哨戒機（P2V－7）に三年間、実験航空隊で搭乗勤務した。飛行時間は一五〇〇時間。

書く方は十代の頃より将来何かの参考になると思い、毎日日記をつけていた。時々得手勝手な感慨を随筆風に書いていたが、人に見せる訳でもなく、ましてどこかに発表するとか考えていなかった。

何《いず》れは本腰を入れる刻《とき》が来るだろうと高《たか》を括《くく》っていた。

しかし、愛馬の調教の面白さから離れられず、それが漸《ようや》く愛馬の死と妻の死がキッカケで背中を押される如く書き始めた。時に傘寿の手前になっていた。

その後二年間で三〇〇ページの冊子四冊を完成させた。八十になって初めてまとまった本を書いた素人の本故、内容の稚拙は免れない。

しかし文章や内容を吟味し一冊々々校正して完成させるには、余命も乏しく時間も惜しくて、あえて未完の完と勝手に洒落《しゃれ》て終わらせた。

来月で満八十一歳。老軀《ろうく》を引っ提《さ》げ、励ましたところで高々一、二年の命だろう。周りは次々と逝ってしまった。寂しい限りだ。

私自身、十五の春より八十路《やそじ》に至るまで自奉自立《じほうじりつ》の生活で休んだためしがない。まるで体に浮袋がないため、泳ぎ続けないと海の底にどんどん沈んでゆくサメのように。

勿論元気一杯の人もいるが、例外だろう。逝き残っている連中は押し並べて満身創痍《そうい》である。

この歳になると死は一寸した段差、畳の縁《へり》で躓《つまず》くぐらい簡単にかつ突然訪れる。

だから「救急車を呼ぶな」「救急車に乗るな」という合言葉が生まれる。なまじ救急で助かっても寝たきりのスパゲティ状態の侭《まま》、何年も生かされ、苦しい思いをして死んでゆくからだ。

誰だって死ぬのは厭だし命は惜しいが、それと引きかえに歩くことも食べることも、体を動かすことも、排尿・排便も人頼み。しかし、これを由《よし》として命を朽ち果てるか、それを由とせず自ら己の命数と思ってあきらめるかである。

命は惜しいと惜しからざるとにかかわらず、人は必死が運命《さだめ》である。そして、いくら金銭財宝をため、いくら命を惜しんでも、あの世に持ってゆくことは叶わないのだ。

つまらない人間と言えば、私ほど此の面白き世をつまらなく生きている人間も稀有だろう。

煙草もやらず、酒もたしなまず、美食を好まず、その上世間一般の趣味趣向とは反りが合わず、たまの議論も異説をもって人に理解されず、結局のところ吾《わ》が道を独りゆくことになった。

これは〝我〟を張ってのことでなく、極々普通の私自身でもある。

更に現在《いま》「半日断食」とか「十六時間空腹法」等がはやっているさなか、私は独自の「二十一時間空腹法」を実行、毎日の食事は午後二時の一回限りである。

これ程つまらなく毎日を過ごしている人間はいないだろうと思うが、逆に不精者で面倒くさがり屋の私には、実に快適な暮らしの方法になっている。

まして老年を迎え老い先短いこの歳になって一番大事なことは、飲むことでも食うことでも遊ぶことでもなく、まして孫を可愛がることでもない。大事なのは残余の〝時間〟を惜しむ心である。

英国では、老年の楽しみは葉巻とストーヴと探偵小説だという。

若い頃はありあまる時間をその大切さを知らずして無駄にムダを重ねて生きてきた。今更後悔をしても取り戻すことはできず、それが凡夫の凡愚たる由縁と諦めている。しかし、老年の現在、それに気づいたからには二度と後悔の臍をかむことなどしたくないと思い、「時間」のムダになる一切の障碍《しょうがい》を取り除き、時間だけを生かした生活になる様決心した。それが先の生活態度となっている。

それで得た大切な「時間」を一体何に使うかと言えば、最後の最後になってしまった「書く」ことへの時間に使う。

残り僅かの時間を使って八十年の想いを総《すべ》て書き尽くしたい。そして書きたいことが山積し、残り一、二年の命では消化しがたい。それでも倒れるその日まで全力を傾注する覚悟をしている。これは妻を亡くし悲嘆にくれる私を、亡き妻が背中を押して書くことをすすめてくれた結果だと思っている。

幼少の頃より書くことに憧れながら、才筆のなさと若き日の欲望の強さに敗け、〝時間〟と〝書く〟ことを見捨ててきた。

それが八十で妻を亡くして目をさまし、書くことになった。

今は「書く」ことが最優先で、その外の欲望に食指が動かぬようになったのが偶然か必然か判別できぬのは、寧ろ天佑なのかも知れない。「書く」ことがこんなに大切で楽しいなどということが、私の心の深層に深く沈殿していたのだ。それが再び浮上していまに蘇《よみがえ》るとは想像だにできぬことである。


つまらなく生きた男に道連れにされた光子は気の毒であった。

そのつまらなさは生来の己の性格と不器用さにある。

だから後悔などしてないし自分自身、ほぼほぼ満足している。

しかし光子は若い頃より外国生活に憧《あこが》れ、それができる相手と結婚したかったようだ。

ところが共通の趣味だった乗馬が縁で結ばれ、外国生活は夢と消えた。しかし内心は落胆をしていたことは明らかで、それが度々の外国旅行をねだったことでも知れる。

ところが自馬の調教に夢中になっている私に時間も資金も余裕もなく、先延ばし先延ばしでお茶を濁してきた。それが今にいたってもなお慚愧《ざんき》に堪えない。

書くことが好きで冊子を何冊も八十路になって書き残すことに何の意味・価値があるのかと問われたら、生きた証《あかし》を残す為と言うだろう。正直な気持である。

しかし他人から見たら、証どころかそんなものに一切の価値も意味も見出すことなく、ただ単なる自己満足に過ぎぬと切り捨ててしまうだろう。まして八十過ぎた素人の才筆に欠けた文章など、だれも読む気の起こらぬのは当然であると思っている。

他人の評価はともあれ、私自身書き残さなかった時と、今回の如く上手・下手を抜きにして書き残した場合とを考え合わせてみると、残さなかった時の方が断然悔しく惨めな最期を迎えるだろうと想う。

岸恵子が「二冊本を書いたらさっさと死にたい」と笑った心情、察するにあまりあると思った。

ホスピス選び

人は死ぬ。そのあたりまえのことを忘れて人は生きている。それが一度癌になり告知されて初めて気づかされる。

二人に一人が癌になる時代に、その告知された患者は先ず何を考えるだろうか。多分一瞬、己の死を想像するのではないか。と同時に助かりたい、助けて欲しいと願うだろう。

普段頑健を自慢し病気とは無縁と周囲に吹聴している人間でも、告知を受けた途端に周章狼狽する。

中でも往生際の悪い三つの職種があると言われ、それは医者と坊主と教師だという。

他人の死に慣れ切っている筈の医者と坊主が、いざ己の番になると普通の人間より一層うろたえ、醜態を晒《さら》すというのだ。

よくマスコミで、何でも飲み込んでいる風に解説して悦に入《い》っている医者や坊主を見ていると、万一自分が当事者になったら我を忘れて慌てふためくのではないかと危惧していたので大いに頷ける。

人は自分の命に危険が迫ったら、恥も外聞もかなぐり捨てて助かろうと踠《もが》く。理性でも理屈でもなく人間としての本能だ。

新聞に載った考古学者、故大塚初重さんの戦時中のエピソードを一つ。

海軍軍人として乗船した輸送船が米潜水艦の魚雷攻撃を受け、沈みゆく船から脱出しようと、戦友を蹴り落として生還した。〈死にたくない、助かりたかったんですよ。ただそのためだけにやった殺人行為でした。だから、人間というのはいざというときには、何をするか、何ができるか、もうわからない〉

戦後、激戦地から生還した将兵の中に同様の体験をした人は沢山居るが、これ程赤裸々に告白する人は珍しい。実に重い言葉である。

平時でも命を惜しむ心は変わらない。だからいくら人前で恰好つけようと巧言令色の人であろうと、いざとなれば襤褸《ぼろ》を出す。

薬師寺の高田好胤《こういん》和上も「人間は追い込まれると本性が出る。その時のために仏教を学ぶのだ」と言っている。

命の危険に瀕《ひん》した患者の心を支配するものは、助かる為の医療の選択である。どの治療方法が最適か、どこの病院が信頼できるか、どの医者が信用に値するかを見極めようと必死になる。しかし、死を想像しても死を覚悟することはない。只《ただ》助かりたい一心である。

三人に一人が癌で死ぬ時代に己の死を避けることができぬとすれば、寧ろ最期はどう迎えるかもよくよく考えねばならぬ。

故に助かる為の医療の選択だけでなく、死ぬ時の選択、即ち自宅で最期を迎えたいのか、それとも病院で最後の最期まで頑張って治療に専念し、果ては病院の白いベッドで最期の時を迎えるか、又は事前の覚悟をもってホスピスに入院し、尊厳死（安楽死）を望むのか等の選択を、同時に深く熟慮検討すべきである。

自宅で訪問診療を受けて最期を迎えるのは、現今ではまだまだ問題も多く難しく少数である。

今朝の読売新聞（二〇二二年八月三十一日）にも次の記事が載っていた。

患者や家族とのトラブルで身の危険を感じた経験がある訪問診療医は4割近くに上ることが、全国在宅療養支援医協会による実態調査でわかった。恐怖を感じる脅しや暴言が目立ち、刃物が持ち出されるケースもあった。同協会などは調査結果を踏まえ、在宅医療の安全性を確保するための提言をまとめる方針だ。

〈この年の一月、埼玉県ふじみ野市で、訪問診療医が患者の遺族に銃で撃たれ、亡くなる事件が起きた〉

自然死派の私にとって、当然ホスピスを選択する。子もなく寄《よ》る辺《べ》ない身にとって、他人《ひと》に迷惑をかけずに仕舞うにはホスピスが格好の場所である。

そのホスピスは妻が十五年目に乳ガンを再発した時に二人で前以て話し合って、ホスピス探しを始めた時に決めたものである。

日本ホスピス緩和ケア協会調べによると二〇一四年十一月一日現在、全国のホスピス緩和ケア病棟は全国に三二一棟ある。その内東京は二十七棟と他府県に比べ圧倒的に多い。

死が前提というイメージの強いホスピスの選択には、患者の強い意志は勿論、人間としての価値観や信念が必要だ。

治療を拒み、ただ手をこまねいて死を待つ許《ばか》りのホスピスと思っている人が多いが、実際のところ寧ろ治療し満身創痍《い》で果てる人とは逆に、自然死を選んだ人は最期まで自分らしく好きなことをやり、老衰死の如く逝くという。死顔も実に穏やかに。これこそ自然死が〝平穏死〟といわれる由縁である。（胃ガン、食道ガン、肝臓ガン、子宮ガンは特に、放置すれば痛まずラクに死ねるという）

医者自身は、もし自分が末期ガンになったら、果たして延命治療を行いたいと思うのか。
これについて、少し前のものであるが、興味深いデータがあり医者の本音を知った。

1998年4月8日に東京で行われた日本外科学会で、福島労災病院の蘆野吉和外科部長が、全国の労災病院の外科医142人を対象に行った、次のようなアンケートの結果を発表しました。

【治らないとわかった時どうするか】
「自宅で緩和療法（痛み止めの治療など）があれば自宅で療養したい」……88％
「あくまで病院で治すための治療をしたい」……0％

【余命が短いと分かったら】
「自宅でのみとりを望む」……73・9％
「（緩和治療ができる）病院の緩和ケア病棟」……20・4％
「自分の病院（一般病棟）でのみとりを望む」……2・1％
「最後まで入院」……0％

治らない、余命が短いとわかったとき、病院治療を続けると答えた医者は皆無、反対に自宅療養やみとりを望む人が殆どである。

そして自分が患者だったら、病院での延命治療を受けることはベストではない、という結論を出すにもかかわらず、医者としての使命感や、しがらみなどのために、患者には画一的な延命治療を行ってしまうという矛盾した皮肉な話である。

長々と説明して来たが、三人に一人が癌で死ぬ時代に、万に一つの神頼みの治療もいいが、冷静に自分の最期をどこで迎えたいかを考えることも大切だ。

そこで、自宅、病院、ホスピスの中でホスピスを選んだ人がいれば、経験者として一つ忠告というかアドバイスをしたい。

ホスピス緩和ケア病棟はまだまだ多いとは言えぬ数だが、その少ないホスピスにも玉石混淆がある。

人生の最期を苦しまず穏やかにおくりたくて来たホスピスで、冷たく扱われることは堪え難い苦痛だ。だからと言って今更転院など、十数日足らずの命しか残っていない状況できる筈もない。只々本人も家族も文句をいわず耐え忍ぶほか手はないというホスピスもある。

勿論病院経営も営利を求めるのは当然のことながら、しかしホスピス病棟の精神を忘れて営利だけに走りホスピスを運営することは許されない。

それまで私の素人考えとは言え、一般病棟より数段看護力のあるところと思っていた。ホスピスでは一般治療は勿論、延命治療等は一切しない。そのかわりゆったりした環境で少しでも心地よく過ごせるように配慮し、ガン患者の残り少ない生命《いのち》を温かく見守り寄り添ってくれるものだと思っていた。

ところが妻の入院したホスピス緩和ケア病棟は、環境は基準を充《み》たしているものの一番大切な病棟スタッフの病人に対する気づかいがなく、病人が少しでも気持よく過ごせるようケアすることなど、のっけから配慮されていない。

又、患者数に対する看護師の比率が一般の病棟より多く配置されているはずが、不十分な感じは否めず、行き届いたケアができている看護とは少しも思えなかった。

ホスピス選びの中でも、母体の病院の内容や規模を知ることも大事だ。

緩和ケア病棟を設置している母体の病院の種類や規模は、じつはさまざまである。がんセンターなど、ガン治療の最前線の病院に緩和ケア病棟が併設されているところもある。のちに妻の入院したホスピスの母体の病院が、コロナ禍の中で度々人手不足で問題を起こしたと新聞で大きく報道された。さもありなんと思うも、今更悔んでも後の祭りだ。

ホスピスの経験の長短という点で開設年を知ることも、選択する時の参考になる。

今年開設されたばかりのところと、十年以上も前に開設されたところとの違いは、比較が難しいが、どちらかといえば経験を積み重ねているところのほうがよい。しかし、母体の病院がガン専門病院であるとか、一般病院でもかなり高度の医療を行い看護もしっかりしているという評判がある病院なら、できたばかりでも大丈夫だという。

最後に、妻とのホスピスの経験で学んだことの大切なことのひとつに、モルヒネによる緩和ケアの経験の豊富な医療者がいて、いろいろな痛みに対し、その程度に応じて躊躇《ちゅうちょ》なくモルヒネを増量してゆくことのできる人がいるかどうかも重要だ。

早期に少量から開始して適切に増量すれば苦痛症状が和らぎ、逆にモルヒネの使用に慎重であったり未熟であったりする場合、鎮痛に必要な分量に達しないまま「モルヒネを使っているのにまだ痛い状況」になったり副作用対策が不十分となり、吐き気・嘔吐《おうと》や便秘がひどく、患者が服薬を拒否することもある。

妻は正にその通りであった。無念である。

遅きに失した遺伝子検査

抗ガン剤の処方は毒を盛るという如く、多くは毒薬・劇薬に指定されている薬剤で、毒でなければ効かない。その為にガン細胞だけでなく正常細胞も攻撃するので副作用が起こる。（抗ガン剤が〝増ガン剤〟といわれる由縁）

それに見合う効果は二十パーセントである。残り八十パーセントのガン患者は、標準治療の名を騙《かた》った体のいい薬殺である。

医療者がインフォームドコンセントで抗ガン剤治療の前に、「奏効率二十パーセント程度ですが、抗ガン剤を打ちますか？」とありの侭正直に告げたら、一体患者はどう反応するだろうか。

余り変わらない気がする。溺れる者は藁《わら》をもつかむという通り、命を惜しむ患者の目は八十パーセントにゆかず二十パーセントに向く。

「人は喜んで自己の望むものを信じるものだ」という古代ローマの政治家カエサルの言葉が思い出される。そして、八十パーセントに目をむける患者は自然死を選択するだろう。

それは中々勇気のいることである。その為にも国の援助で自然死の人々の天寿を全《まっと》うさせて欲しいと願う。

最近、正常細胞へのダメージの小さい「分子標的薬」という薬剤が出てきた。ガン細胞の増殖に重要な特定分子、実際にはタンパク質を標的として〝狙い撃ち〟にする薬である。

乳ガンの五～十パーセントは遺伝性だといわれていることは知らなかったし、医療者からも言われたことがない。

ところが妻の姉が乳ガンで喪《な》くなっている。今から思うと、再発時遺伝子検査を受けて遺伝性乳ガンと判れば、分子標的薬を使うことができ、他の危険な抗ガン剤治療を避けることができた。しかし、残念ながら標準治療という隠れみのから一歩も抜け出そうともしない無気力な主治医に見切りをつけ、そして担当医を替えて遺伝子検査をしたところで、初めて遺伝性乳ガンと判った。

すでにその時、散々抗ガン剤治療で体力をなくしていた体には、分子標的薬は効かなかった。何故と主治医に訊くと、分子標的薬の奏効率は四十パーセントだときかされた。繰《く》り言《ごと》になるが、再発した時点で遺伝カウンセリングを受けることを主治医が勧めてくれたら、妻が遺伝性乳ガンと判明し、体力が十分あったその時に分子標的薬「リムパーザ」を服用したら、違った結果になっていたのではないかと思わずにはいられない。

少なくとも無用で危険な抗ガン剤で体がボロボロになることは避けられ、「リムパーザ」が効かないとすれば他の一切の抗ガン剤は無効となり、苦しまずに必然的に自然死を選び天寿を全うできた筈である。

悪性度の高い前立腺ガンになった医師・石蔵文信氏（『逝きかた上手』の著者）が妻と同じ「ＢＲＣＡ２」という遺伝子の変異で、分子標的薬の服用で体調を取り戻したと聞いた。（令和四年十月三日死去、六十六歳。「夫源病」の名付け親）

患者を単なる物としかみない、無気力・無慈悲な医師にかかった当方の不運と諦める外ない。

しかし、標準治療（国民皆保険）とは何なのか？　差別をなくして新たな差別を生むだけではないのか。

最近は、その患者にとってベストな医療を目指す「個別化医療」の考え方が重要視されてきた。

残念ながら遅きに失する。


乳ガンの発症リスクを高めることで知られる特定の遺伝子変異がある人は、胃ガンや食道ガン、胆道ガンのリスクも上昇するとの研究結果が発表された。

この遺伝子は「ＢＲＣＡ」と呼ばれ、「ＢＲＣＡ１」と「ＢＲＣＡ２」に分類される。

病的な変異がある人は、乳ガンや卵巣ガンにかかりやすいことが分かっている。

米国の女優アンジェリーナ・ジョリーさんが、この遺伝子変異があることが分かり、乳房や卵管・卵巣を予防切除した。親から子に二分の一の確率で引き継がれる。

モルヒネとヒロポン

妻の乳ガン再発と同時に、ふたりして「日本尊厳死協会」に入会した。

以前より終末医療におけるホスピスが「麻薬などの適切な使用によって十分な緩和医療」を行っていることを知っており、それをより一層確実に実現する為の協会への入会である。

私達は後期高齢者になり何らかのガン告知を受けたら、一切の西洋医療におけるガン治療は拒否して、自然死を選ぼうと妻と決めていた。

もともと共通して、痛いの苦しいのということが異常なくらい嫌いで、抗ガン剤の副作用で酷く苦しむことを見聞《みき》きする都度「死んだ方がましだネ」と諾《うなず》き合った。

――似た者同士というのか、作家の平田俊子氏が、

「歯医者にいくぐらいなら死んだほうがましだ」ガーガーいう音が嫌いっ――

勿論、二人の覚悟は歳《とし》に不足がないことを承知しての上であり、二十世紀最大の発見といわれる抗生物質が救世主「神の薬」と言われたごとく、正にガン患者にとってモルヒネは、自然死を選択した私達にとって「神の薬」である。

しかし、万能の神と思ったモルヒネ（オピオイド鎮痛薬）も、妻がホスピスに入院して

みると、その様子が大いに異なった。

専門書も、モルヒネをとにかく痛みの特効薬、「神様の贈り物」として喧伝《けんでん》しても、麻薬としての副作用とその対策には殆ど触れていない。

間もなく死にゆく患者が副作用など苦にしないと思っているのか、それとも今更なすべきことでもないと見て見ぬふりをしているのか、実に無関心を決め込んでいる。

ところがモルヒネは痛みをとる（鎮痛）ために使うが、治療にあたっては副作用対策（とくに便秘と吐き気・嘔吐）がはじめから重要だ、とよく言われている。

妻は若い頃より快便で、稀《まれ》に便秘気味になると大騒ぎする程神経を使っている。ところが入院（ホスピス以前の）して鎮痛薬を使い始めて便秘で苦しむようになった。それでも下剤等でどうにかできたが、ホスピスでは当然の如く酷い便秘に見舞われ、摘便（肛門から指を入れて便を摘出）や浣腸の処置を行う破目となり、排泄《はいせつ》の自立が損われたことが、亡くなる直前まで妻にとって大きな精神的苦痛を与えていた。

又、譫妄《せんもう》の症状である。幻覚症状でいろいろ訴えてくるのはいいとして、夜中にベッドを離れようとして看護師に止められたと聞き、度々起こるようだとベッドに拘束すると、平然と看護師が口にするのに驚いた。

とんでもないホスピスを選んだと後悔した。万一そうなれば私は毎日泊まり掛けになる。

譫妄の原因として、モルヒネなどのオピオイドの不適正使用があるという。

自然死を選択したガン患者であろうと、ガン治療に失敗したガン患者であろうと、最期はホスピスに行くケースが殆どだ。未だ自宅で最期を迎えることのできる患者は少ない。大体病院かホスピスである。

しかも何処《どこ》で最期を迎えようとモルヒネの世話になる。

換舌するなら、モルヒネはガン患者にとって必須のクスリであり、痛みを和らげる「良薬」なのである。

しかし前述の如く副作用の問題が残る。いくら一ヶ月以内、又十日以内に逝くとしても、最期のわずかな命の灯の消えるまで、何等《なんら》の身体的精神的不快感を覚えずに本人も家族も安心安堵し、後顧の憂いなきよう、はかってやりたい。

その為には副作用の少ないモルヒネの開発をして欲しい。

抗ガン剤の研究開発に莫大な資金を投資するだけでなく、副作用の少ないモルヒネの開発と同時進行すべきである。

二人に一人が癌になり、三人に一人が死ぬ時代、医療がまだ癌を救えない時に、それを救うのは抗ガン剤より寧ろ副作用のないモルヒネではないかと、妻を見送った私には思えてならない。

モルヒネのような麻薬ではないが、ヒロポンという覚醒剤が戦中戦後使われていた。(現在、中毒性があるので麻薬に含めて言う)

そのヒロポンのエピソードを、戦中零戦の撃墜王として日米両国に知られた坂井三郎氏の著書『大空のサムライ』（光人社）で紹介すると、

いつの頃からか、激戦からラバウルに帰ってくると指揮所の横に長方形の台机が置かれ、そこには軍医官が待っていて、馬の注射器（当時そう思った）のような大きな筒に液を満たして静脈注射を打ってくれた。葡萄糖注射である。同じところによく打たれるのでいつの間にかそのあたりが黒ずんでしまったが、何となく元気が出る気がした。

（中略）

戦後、その当時の軍医官に久しぶりに会い、思い出話の中でその注射の話が出た。私はそこで思いもかけない事実を聞かされた。

『坂井さん、あの注射は栄養剤として葡萄糖を打ったが、もう一種入れていたんですよ。それはヒロポンでした。あなた方は葡萄糖で元気をつけ、ヒロポンで興奮して、また飛び立って行ったんですよ！』

そう言われると、手首はだんだん細くなって、やせてきたようだが、いやに元気だけはあったなあと思う。当時の軍医官にしてみれば、ヒロポン注射の影響でボロボロになるまで、大半のパイロットたちは生きていないと思っていたのだろ

う。（筆者注　因みに特攻隊も打っていた）

このヒロポンのように副作用も少なく、最期まで意識の混濁や譫妄もなく、老衰の如く黄泉の国へ旅立たせてあげたい。

勿論、鎮痛剤としてのモルヒネと覚醒剤のようなヒロポンを兼ね備えた薬を作ることは難しいのかもしれないが、只研究開発をしているという話は聞いたことがない。なら是非実行して欲しい。

痛みさえ抑えればいいというわけではない。同時に自立した意志を最期まで持ち続けられることが真の人間の死ではあるまいか。

そして僅かな最期の数日間こそ、その死にゆく人間の人生のカーテンコールになるようにしてあげたい。

たまたま今朝の読売新聞（二〇二二年十月十八日）に、参考になるような「大麻から難病の薬……」という記事を見た。

医薬品への使用が認められていない大麻の成分を主とする薬の治験を、英製薬企業の日本法人「ＧＷファーマ」が今月末にも始める。既存の薬が効きにくい難治性てんかんの患者が対象で、治験終了後に製造販売の承認を得られれば、大麻から製造した国内初の治療薬となる。薬の対象となる患者は国内に計約１万～２万人とされる。

治験は難治性てんかんの中でも「ドラベ症候群」など三つの難病患者で、１～65歳が対象だ。４か月間にわたって、約20の医療機関で計84人に飲み薬を毎日服用してもらい、てんかん発作の頻度や副作用の有無を確める。安全性はさらに１年間服用して検証する。海外では、服用することで発作を４割近く減らせたとする研究報告がある。

自死

私は十代の頃より死ぬのは「自死」と決めてかかっていた。若かった故か、老いて亡くなることなど露ほどにも想像しなかった。

小学校から中学校にかけて、漸く戦後の混乱から抜け始めた頃、同時に私の周囲には自殺者がふえた。同級生に二人、兄の友人に一人、戦地帰りの大人二人。いきなり立て続けに身近にこれほどの自殺者をみると、人は自殺で死ぬものだという思い込みが私に生まれた。

どんな理由《わけ》で亡くなったのか分からないが、ただ若い二人は近所で評判の頭の良い子であった。

大人の一人は特攻隊崩れ、もう一人は南方戦線の激戦地での生き残りと後々知った。

その頃読んだ阿川弘之の著書『雲の墓標』『春の城』の特攻隊員の物語も影響したようだ。それは太宰治の小説の愛読者のように、極く自然に死に対する憧れが生まれた。高齢になった現在《いま》も変わらない。

その私が妻のガン闘病を通し、平穏死とか尊厳死とか緩和ケアホスピスとかを考える様になり、いつか自死に対する思いが記憶から失せていた。

妻は結局、ホスピスで生命《いのち》を畢《お》えたが、その時分かったことは、標準治療といわれるガン治療は完治を目指すものでもなく、又延命でもなく、将《まさ》に〝縮命〟そのものであったことだ。あの時、医者の甘言につられず、ガン治療を避け、自然死を選択していたら、今猶命を永らえていたことは確実である。

この時の体験と過去の自死に対する思いを踏まえて、私は躊躇《ちゅうちょ》なく自然死を選択することに決めた。

そして、その最期を何処で迎えるか考えた。在宅死は寄る辺ない一人身には少々無理があるし、緩和ケアホスピスは妻を見送ったホスピスの実態を知るにつけ、決して安心安全に畢《お》える処ではないと思える。況《ま》して細かい気遣いのできる身内が傍らに居ない一人入院は、最期の最期に辛い思いをするだろう。看護師にそこまで頼ったり我儘を言えないから。

前掲した作家・高橋三千綱氏（著書『作家がガンになって試みたこと』）が二〇二一年八月に亡くなったことを、一人娘の高橋奈里さんの著書『父の最期を看取った日々』で知った。

氏の凄まじい闘病記にも驚嘆したが、その上誰憚《はばか》ることなく言いたい放題やりたい放題やって最期を迎えたことを著書で知った。

豪放磊落《らいらく》というか、切り捨て御免の我儘一杯の恵まれた最期だったと思う。

しかし、その陰に妻と娘《こ》の並々ならぬ献身と愛情があってのことである。一人身の私ではこうはゆかない。

私などは在宅看護であろうとホスピスであろうと、こうはできる身分ではない。独り身はサッパリしていると言えばサッパリしているが、矢張り何かと不便なことも多い。

故橋田壽賀子氏は著書（『安楽死で死なせて下さい』文春新書）で、自殺について否定的見解を示している。

　遺書を残した人を対象に理由を調べると、病気の悩みやうつ病などの健康問題が半分を占め、生活苦や負債などの経済・生活問題、夫婦の不和や家族の将来を悲観などの家庭問題が続いています。圧倒的に多いのは、健康問題なんですね。

　私の考えている安楽死は、自殺とは違います。病気が理由なのは同じでも、お医者さまや弁護士のジャッジが必要です。いくら私が『死にたい』と言っても、『この症状なら死なせない』と言われたら死ねません。だから、うつ病などで自殺に走ってしまうのとは違うのです。

氏の考えている一般的〝自殺〟と、私の考えている〝自殺〟とは根本的に異なっている。字面だけのことと言われるかもしれないが、私の考えは自殺ではなく〝自死〟〝自裁〟

で何らかの自己破綻によって死に追いやられる自殺と違い、自己の信念の下、自己決定する死である。

奇異な例と思われるかも知れないが、戦後東京裁判でA級戦犯として刑死した広田弘毅（外相・首相）と、明治天皇に殉死した乃木希典《まれすけ》大将、二人の死である。

前述したように、広田は戦争防止に努めながらも軍人に阻《はば》まれ果たせず、不法にも東京裁判で絞首刑を宣告された。A級戦犯のうち、ただ一人の文官であった。

しかし、その運命に逆《さか》らわず一切の弁解をせず、従容と刑死した。罪をもって死んだわけではなく、一人の政治家として、又一人の人間として敗戦の責任を果たしたのだ。

それは戦勝国の復讎《ふくしゅう》の犠牲者である。彼の死は刑死でなく、自らの信念にもとづいた〝自死〟である。


一方、乃木大将は、明治天皇に対する尊崇の念と恩誼《おんぎ》に対し、又恩顧の軍人として最期の務めを果たした尽命《じんめい》であり〝自死〟である。

この二人の死を言葉の文《あや》ではなく、「自殺」とは言わず「自死」と言うべきである。

橋田氏の言う自殺の原因と、私の思う自死の理由との相違は、原因は結果として死に至るが、自死は理由それ自体が同時に死を伴うものである。

即ち「死にたい」ではなく「死ぬ」である。

戦犯指名された時点で死を覚悟した広田、明治天皇の生前より死を覚悟していた乃木、この二人に共通しているのは、死は従前のこととしていたことと、天皇に対する尊崇の念の篤《あつ》いことであった。

これらのことからして、一般的〝自殺〟と〝自死〟は異なると思っている。

いずれにせよ、死は俗世の生き方に区別なく平等に訪れる。そして、その最期にも上手・下手がある。

『人はどう死ぬのか』（講談社現代新書）の著者、久坂部羊先生によると、

今さらですが、ここでもう一度、〝上手な最期〟とは何かを考えてみたいと思います。

まず思いつくのは、苦しみや痛みのない死でしょう。だれだって苦しみながら死にたくはないし、痛いのもごめんのはずです。それを避けることは、ある程度は可能です。医療用の麻薬や鎮痛剤を医者に頼めばいいのです。いずれも入院しなくても在宅医療で使えます。

上手な最期を知るためには、逆に下手な最期を考えるのもいいでしょう。

下手な最期とは、激しい苦痛に苛まれながら、死ぬに死ねない状態で時間を長

引かせる死に方でしょう。医療用の麻薬や鎮痛剤を使ってなお、なぜそんなことになるのかというと、無理やり命が引き延ばされるからです。回復の見込みがないのに、延命治療で生かされ続けるから、麻薬や鎮痛剤も効かないほどの苦痛に襲われるのです。

たくさんのチューブやカテーテルを差し込まれ、意識もないまま、あちこちから出血し、浮腫や黄疸で生きたまま肉体が腐っていくような状態になりながら、機械によって生かされる最期も、当然、好ましくありません。これも命を延ばすための医療を受けたときに起こる状態です。

この例からもわかるように、最期を迎えるに当たっては、高度な医療は受けないほうがいい。何度も繰り返しますが、医療は死に対しては無力と言われる所以です。

いずれにせよ、病院に行くなら、助かる可能性もあるけれど、悲惨な延命治療になる危険性もある、病院に行かないなら、そのまま亡くなる危険性もあるけれど、悲惨な延命治療は避けられるということを、心得ておくしかありません。

(後略)

現在八割以上の人が、病院で亡くなっている。では、病院へ行かないで上手に最期を迎えるのには……。

近藤誠先生によると、〔『医者が「言わない」こと』（毎日新聞出版）〕

おそらく多くの人にとっては、自宅で緩和ケアを受けて亡くなるのが最善でしょう。

近くで開業している「緩和ケア医」に往診してもらい、ナースの訪問も毎日のように受け苦痛があればそれへの対処がなされ、最期を迎えるようにするのです。

現在、とても多くの「在宅緩和ケア」クリニックが存在します。中には経験・知識が足りない医師もいるので、できれば早めに数軒まわって面接し、医師の見識を確かめるとよいでしょう。

在宅ケアを受けている間に、早く人生に終止符をうちたくなることもあるようで、自らセデーションを希望される方もいます。これは、患者自身の意思にもとづいており、本人がセデーションの意味を理解し求めるのであれば、認めてあげてよいのではないかと考えます。

セデーションというのは、クスリを注射・点滴して患者を眠らせる行為です。そうすると、その日から数日後には亡くなるのが普通です。

（後略）

病院でもなく、ホスピスでもなく、自宅で緩和ケアを受けて在宅死するのがベストな選択、最善の方法ということが最近頓《とみ》に言われてきたが「理想の最期」とは言えない。

第一に「理想の死」自体あるのかどうか疑問だ。

〝ピンコロ〟で死ぬのが理想というのがよく流布されているが、しかし突然の死は、その死の準備、心構え等ができていなければ無念の死となる。

仮にピンコロが理想の死とするなら、常に「メメント・モリ（死を忘れるな）」を保持し、死の備えと信念を持っているべきである。

然し、実際はピンコロは宝くじの一等を当てるような幸運な人間に限る。望んでも得られるものでもなく、努力して得られるものでもない。とすれば、理想の最期とは言い難い。畢竟《ひっきょう》、人任せ人頼みでは「最善の最期」を得られても「理想の最期」にはならない。

その理想の死などないとすれば、自ら決めた死に方が理想の死と決め、それを理想の死とする外ない。

私が敢えて朝日新聞の問い「理想の最期」とはと問われたら、五体満足、人生に過不足なく、かつ自負と覚悟をもった「自死」であると。

呑兵衛がぐずぐずと意地汚く呑み明かすような長《なが》っ尻《ちり》の人生ではなく、未練残さず飲《や》って、さっさと引き揚げる人生でありたい。

あとさきになってしまったが、最後に前述のホスピスについての私の見解が私の単なる思い込みではないことを、近藤誠先生が著書（前掲）の中で書いているので紹介し、同時に何かの参考になればと願っている。

現在、がんで亡くなる場所は、病院、ホスピス（＝緩和ケア病棟）、自宅が主なものです。

ただ病院といっても、患者さんが治療を受けたのが大学病院やがん専門病院だと、そこで看取ってもらえることはマレです。こんな事情があるからです。

末期の患者たちにも医者は、抗がん剤などの薬物療法をずっとつづけ、突発的な副作用死がつぎつぎ起こっても、まだつづけます。でも中には、白血球数が回復しないなど、医者からみても続行は無理だと思うケースがでてきます。

すると医者は患者さんに、「つづけるのは無理。やめましょう」「ホスピスへ行くか、在宅医療にしてください」と、きっぱり言って、縁を切ってしまうのです。薬物療法ができないなら、病院にとって患者ではない、と言わんばかりです。有名病院なら、代わりの患者はいくらでもいますから。

主治医を信じて辛い治療に耐えてきたのに、手のひら返しをされた人たちの落胆・絶望はいかばかりでしょうか。そのうえ、たとえホスピスへ行っても、残りの日々はごくわずかです。国立がん研究センターで見限られた患者たちの余命（＝半数死亡期間）がたった100日であることは前述しました。

それでは患者は、ホスピスへ行くべきなのか。

ひとくちにホスピスといっても、内実はさまざまです。

中に、抗ガン剤治療に熱心な大病院やがん専門病院などに付置されたホスピスがあります。そこには、主治医から手のひら返しをされたような人たちが多く入所しています。その場合、抗がん剤の副作用が癒える間もなく、短期間のうちにバタバタと死んでいきます。だから病棟の雰囲気があまりよくない。

「セデーション」（鎮静）が多用されるのも、この種のホスピスの特徴です。セデーションというのは、クスリを注射・点滴して患者を眠らせる行為です。そうすると、その日から数日後には亡くなるのが普通です。

ところが患者のほうは、鎮静を始めたら二度と目を覚ますことはなく、そのまま亡くなることを知らされずに、同意しています。知っていたら同意しない人もいるでしょうから、大問題です。

そのセデーションが、患者の68%にも行われていた病棟があります。大阪にある淀川キリスト教病院ホスピスです。

この病院の特徴として、各診療科が抗がん剤治療に熱心なことがあります。それゆえ主治医に手のひら返しをされた患者がベルトコンベヤーのようにホスピス病棟に移され、抗がん剤の副作用に苦しみ、そこら中でうめき声を上げたはずです。そのため「おとなしくしてもらおう」と、医者のほうからセデーションを提案するようになったのだと思います。

このホスピス病棟の別の特徴として、日本のホスピスの草分けであることも挙げられます。ここで薫陶を受けた医者たちが、全国のホスピスに赴任しているのでセデーションの伝統も継承されていると考えるのが妥当です。

このように日本には、感心できないホスピスがあることは確実ですが、それではどこが優れているかとなると、僕にもよくわかりません。入所した患者たちは亡くなるので、各病棟の評判が聞こえてこないからです。

生きているって面倒ではありませんか？

生きるってことのほか面倒。

だからと言って短絡的に死にゆくという単純なものでもない。

とにかく雑用が多過ぎて、それをこなす為に生きているのではないかと思う程雑多なことが次から次とおとずれて途切れる間もない。

人はよく多忙々々と言うが、多忙の中味をよくよく考えてみれば九十パーセント雑用で、それにうずもれて忙しく生きているようなものである。

それに加えて厄介なものに生理現象がある。食べる、出す、病気をする。生きていれば仕方のない雑用だ。しかしこれらを雑用と見る迂生《うせい》が変わり者であることを認めざるを得ない。

食べず、出さずに生きてみたいという人並外れた不精者である。それでは生きている張りや意味がないとクレームがつくだろうが、私自身は何の矛盾も痛痒も感じない。

現在、食べることも忘れているくらい食物に興味を無くしている。食通で有名な『鬼平犯科帳』の作者、池波正太郎は「食べる」というエッセイの中で、死ぬために生き、生きるために食べる。それはつまり『死ぬために食べていること……』になる。まさに矛盾そのものである。

と言っている。私はその矛盾がムダと思ってしまう。まして食通が日本中、世界中美味いものを探し求めて歩き回るのは、さぞかし骨折りの面倒なことと思ってしまう私は、永遠に食通にはなれないであろう。

最近、当たり前に見掛ける長蛇の列をなして美味な食物《くいもの》にありつく姿は、想像を逞《たくま》しくしても理解不能である。

三年前、妻を亡くして年金暮らしの独身者になり、雑用の総本山だった仕事から解放され、年金生活者の楽隠居と思いきや、妻を亡くしたことがその雑用の解放と相殺されてしまった。

それまで妻に頼っていた生活上の雑用を一切合切背負う破目になり、殆ど日常生活に余裕がなくなってしまった。

津島佑子著『火の山―山猿記』（講談社）に、

生きつづける者はいつでもいそがしい。いつでも用事に追われつづける。

とあったことを思い出し、諾《うべな》うこと頻《しき》りである。

その面倒な雑用など放り投げてしまえば済む。実際に掃除洗濯入浴もせず食事はインスタント食品か外食、公的な手続きなど無視、近所付き合いもなし……といった生活は確かにシンプルで面倒がない。

しかし生活の快適さを失う。ゴミ屋敷で暮らすのは矢張り御免である。人を使っても雑用は残る。食べる、出すは人に任せることはできない。

病気も病院通いも。

先日、面白くて為になる出色の本を読んだ。

糞便に興味のおもちの方は是非一読を。

『うんこ文学』頭木弘樹編（ちくま文庫）

『食べることと出すこと』頭木弘樹著（医学書院）

さびしさは散る花よりも残る花　（『黛執 全句集』）

チャーチルは、臨終の床で「何もかもウンザリしちゃったよ」と言ったという。実によく分かる。

平生、他人《ひと》がどう考えようと、どう言おうと私自身、生きているって死ぬことより辛くないから生きているだけだと思っている。それがホスピスで妻を見送った時に一層感じた。

立ち合いの医師に「ご臨終です」と告げられた時、悲しみの感情より安堵の感情が先にたった。それは今考えると、医療者の無意味で無責任な抗ガン剤治療の副作用で妻がどれほど長く苦しんでいたかを知っているからである。

治ると信じたからこそ本人も周りも耐えた。しかしその兆候は一向現れず、その苦痛は日増しに非《わる》くなるばかりで、当初助けたいという気持が逆に楽にしてあげたいという気持に変わっていった。

そして地獄の責め苦に遭っているような妻の容子《ようす》に端《はた》の私が耐えられなくなり、今度は一日も早く楽にしてあげたいという気持になってしまったのだった。そして妻も自らホスピス行きを志願した。

一般的に医者等は平気で患者に抗ガン剤治療を薦めるくせに、いざ自分がガン患者になると、治療でなく単なる延命や症状改善だけの抗ガン剤治療の副作用で苦しむのは厭だと忌避《きひ》するという。

一方、患者が抗ガン剤治療を受けないと、その後の通院を断られるケースもあるとか。ガン告知され、ガン患者になった人間の選ぶ道は二つしかない。ガン治療を受けるか受けないかである。

治療するにせよ、即医者に任せる患者もいれば、慎重に考え悩み抜いて任せる患者もいる。皆命が惜しいのだ。

もうひとつの道は、ガン治療を受けず放置する自然死の選択である。

この人達の多くは、現時点で最良とされる標準治療（外科手術、抗ガン剤治療、放射線治療）が癌を治癒させるどころか悪化させる一助になり、その上、あとの抗ガン剤治療が決定的なダメージを与え廃人同様にされてしまうことを知っている。

これは悪い例と言えば悪い例である。しかし事実である。

多くの進行した癌は治療をしようと放置しようと、その患者は死ぬ。違いは副作用による苦痛があるかないかである。

自然死は万一の苦痛はモルヒネでコントロールでき、最期は老衰死に近い死であるという。

国はガン放置を選択した患者に対し安心して終末期を迎えられる様、何らかの支援をすべきである。これは医療費の削減にもなる筈。

命を惜しんで治療を受ける人も、自らの命を賭け最後の最期まで自分らしく生き抜く自然死の人と差別があってはならぬ。どちらを選択するかはその人の人生観に根ざした価値観である。

生来、人一倍面倒くさがり屋の私にとって、中でも一番面倒くさいことは病院に行くことである。

入院などして痛い思いをするぐらいなら死んだ方がましと思う程痛がり屋で小心者である。

だから生きて辛いことがあるとすぐ死を選ぼうとする。生きているということは、私にとって痛くも痒《かゆ》くもないのが前提で、あのインパール作戦で生き残った人を凄い生命力の持ち主だと尊敬する。私はとうに自死をしているだろう。実際にも多いという。

現在でも重い病気をかかえている人も、仕事に生活に大難問を抱えている人も、逞しく生きている。その人達を見る度、面倒ではないのかと思ってしまう程小心で横着者だ。

私は運よく難問などかかえずスッキリと生きた。不精者の願望でもあった。

勿論死ぬこともスッキリと簡単簡素に逝きたい。

実際、妻の葬儀も妻の遺言通り、納棺から火葬までたった一人で私がやった。

半藤末利子著『硝子戸のうちそと』（講談社）より

夫 半藤一利は自分の死が近いことを予期していたと思う。「コロナの時代に一つだけいいことがあるとすれば、派手な葬式を誰もやらなくなったことです。どうか私が死んだときも、大げさなことは一切しないでください」
と何度も繰り返して言っていた。

長寿と尊厳死・安楽死

ジャン＝ポール・ベルモンド主演の仏映画『勝手にしやがれ』の監督ジャン＝リュック・ゴダール氏は、住んでいたスイスで最期は医療自殺幇助《ほうじょ》（安楽死）を受けて亡くなったという。九十一歳。


一般的には健康であれば長生きするのが理想であろう。

しかし、現実には長寿でどこも悪くない高齢者は稀だという。

逆に八十歳を目前に寝たきりや要介護になる人も多いという。

八十にも九十にもなった生身の老軀に不調をきたさないなどということ自体、生理的に考えても無理がある。勿論例外はある。

エッセイストの吉沢久子さんが、老人は故障があって当然、そんなことぐらいで「病気持ちとは云えない」と語っている。

『80歳の壁』（幻冬舎）の著者、和田秀樹氏も書いている。

高齢になれば誰でも体の中にガンや、脳の異変は起こっているもので、対策して一時的に快方に向かっても、結局悪い部分は次々現れる。だからいたずらに薬をのんだり、手術したりする必要はない。

敬老の日、今年（二〇二二年）度中の一〇〇歳になる高齢者は約四万五〇〇〇人と過去最多。そして一〇〇歳以上の高齢者は九万五二六人に上り、五十二年連続で過去最多を更新した。

しかし、長寿が幸せとは限らない。寧ろ病気のデパートと言っていいくらい、周りの高齢者は病み衰え辛うじて生きているというふうな人も少なくない。

長寿の要因は遺伝子が四分の一で、あとは生活習慣、生活環境等、その人の生き方によって左右されるという。

面白いのは医者の不養生である。テレビでよく見掛けるS病院名誉院長のK氏（七十四）が心房細動を発症し、「カテーテルアブレーション」治療を受けた由。

もともと体重が八十キロの肥満体形で高血圧にもなっていた。健康に多少でも関心のある人なら肥満が万病のもとぐらいのことは知っている。それなのに当の医者のK氏が肥満になるなんて、全くの医者の不養生である。その当人がテレビ・新聞で健康の大切さを訴えていたのだから、不養生というより不見識な人物である。

国内女性最高齢の巽《たつみ》フサさん（一一六歳）は、大阪府柏原市の特別養護老人ホームに入所している。施設などによると、現在はベッドの上で過ごすことが多いが、「ごはん、まだでっか」が口癖で、食事を楽しみにしているという。

几帳面な性格で、自宅で暮らしていた時は三食をきっちり食べ、亡夫の仏前で声を出して拝むのが日課だった。日記も毎日書き、九年前に施設に入所してからもしばらく続けていたという。


昔のきんさんぎんさんの様に、長寿の人は食い意地と言っては失礼だが張っている人が多い。

私のような食うことにも美味いものにも興味のわかない人間は、百寿者になることは縁遠いということになるのか。

一方、読売新聞に、渋沢栄一の孫でエッセイストの鮫島純子《すみこ》さん（当時九十九歳。二〇二三年一月死去）の記事が載っている。

最近は視覚や嗅覚、聴覚など五感の衰えを感じるが、今まで健全だったことに感謝の気持ちがこみ上げる。食事は自炊が中心で、30年前に作った手製の洋服やセーターを今もほつれを直して着ている。祖父譲りの質素倹約を続けていることが長寿の秘訣と自負する。

今日26日に１００歳を迎えた後も、講演の予定は来年２月まで埋まっているという。

高齢者と言ってもいろいろある。鮫島純子さんだけでなく、作家の佐藤愛子・故瀬戸内寂聴さんらの活躍は現役並みであり、きんさんぎんさん・巽フサさんとは対照的な生き方である。

健康で長寿を願う人は多いけれど、大きく分けて漠として長寿を欲する人、八十三歳で太平洋横断を小型ヨットで単独無寄港を成功させた海洋冒険家・堀江謙一氏の如く、しっかり目的をもって長寿を願う人もいる。

しかし反対に目的のあるなしにかかわらず、私が長寿を願わないのは恐怖心である。これまでに運よく身辺に大過もなく無事に八十歳という大台に乗れた。が、しかし、この先二十年の間には東京直下型地震のような天変地異に襲われたり又、事故で半身不随になったり、不治の病で寝たきりになったりする例は枚挙にいとまがない。トシを重ねれば重ねる程、その確率が高くなり、その時、長生きを後悔してもはじまらない。

今いくら健康であっても人生は理不尽の一語につき、それに人間も死に向かって生きている以上、癌であろうと何であろうと、己だけは無事だと特別視することなどできない。人間にとって「死の選択」はできるが「生の選択」はできない。仮にそれを選択し願っても、永遠に生きつづけることは不可能であり、いずれは死ぬ。

俗世間では「死」はマイナスと捉《とら》え「生」をプラスと捉える。実際は逆ではないかと考えている。末期ガンが見つかった文芸誌『新潮』の前編集長、前田速夫氏（七十八）は、

現代は老人がテーマのエッセイはあふれるほどにあるのに、多くは若くあろうとする観点の本。死を真っ向から考える本は少ない。

と言っている。

生は個人の意志でなく生まれ、死は個人の意志で死す。誰だって豊かで才能のある家《うち》に生まれたいと願ったとしても、無差別誕生の宿命からは逃れることはできない。あるのは運・不運だけ。生が理不尽そのものなら、精々死ぬことぐらい己の自由意志で決定し、生のマイナスを死のプラスで補いたい。

健康であれ長寿であれ、死に向かって生きてゆく以上、いずれは皆黄泉の国へ旅立つ。その時、ピンコロを願っていても、寝たきりの植物人間になってしまうこともしばしば起こりうることである。

ならと老衰死と願うも、可成り高齢になり達者で生きた人でないと無理のようだ。大体の人はあっちが悪い、こっちが悪いと多病を託《かこ》って病軀を励まし生きている。勿論高齢者に限らず、昨今では中年にも若年にも病魔の手が伸びているという。いくら画期的新薬の開発や医学の驚異的進歩があろうが、病人も減らず死者数も変わらないのは不思議だ。

今後「死なない時代」「死ねない時代」の到来となったらどうなるのか。多病息災でも長寿なら由としたら、孰《いず》れは日本国はゴミ屋敷化ならぬ病人屋敷になってしまう。

そんな死なない、死ねない時代がきた時、「死の自己決定権」の議論、即ち「安楽死」をスイスのように国が認めるべきである。

昔の日本人に比べて現代人は、死に対する往生際が一段と悪く成っている。それは社会全体が「生と死」は表裏一体という事実を無視して「生」のこと許《ばか》り尊重し、「死」を悪者化して毛嫌いする為である。

この風潮は「生」への価値を不毛にするだけでなく、「死」への尊厳を傷つけることでもある。

生きるとは、いかによりよく死を迎えることができるかを探し求めてゆく旅でもある。

「人は死を意識して初めてこの世のあらゆる存在が美しくいとおしむ心が生まれる」とは、死を前にした人の自戒である。

現代人はなぜか死を遠ざけようとする。しかし、周りを見れば死は日常であり、只見ようとしないだけである。

なにも戦時中だけではないのだ。

そして、いくら医学が進歩しようと、この人間の愚かさが変わらない限り病人も死者も減らすことはできず、只死ねない死なないだけの社会になってゆくのみだ。

杜甫の詩「蓋棺事定《がいかんじてい》」（棺桶《かんおけ》の蓋が閉まってから人の評価定まる）という有名な故事は誰でも知っている。

然し現実には皆、死を遠ざけて生き、その間に結果だけを求め評価を得ようと汲々《きゅうきゅう》としている。これでは大器は得られず、小器の者ばかりとなる。

昨今の日本の政界・経済界は正にそれを証明している。

脚本家の橋田壽賀子氏は、スイスの如く安楽死法の法制化どころか、論議さえされぬ日本の現状に苛立ち、事あるごとその必要性を訴え続けたが、果たせぬ侭黄泉の国に逝ってしまった。

これも又小器の者が国を動かしている悲劇である。哲学がない、想像力がない、実行力も創造力もない、謙虚さがない、潔癖感がない（金・利権に弱い）……。

これ総て小器の者の性格・体質・資質である。

この国の代表たる小器者は、小器の国民が選んだ人物であり代表である。

国民に大器の者が三割いたら、橋田氏の願いも論議され、今頃は可成り進展をみていたであろう。

国やマスコミは、さも健康長寿は有難く幸せだと言わん許りに喧伝している。しかし、実際の高齢者の現実は悲惨さが目立つ。病苦、生活苦、孤独等々が高齢者を次々と襲って来ている。


〝昨日の友は今日跛《びっこ》ひき〟


へたな洒落《しゃれ》でない。

高齢者の具合《ぐあい》や按配《あんばい》は、ある日突然に出現する。若い人と違って今日の調子よさは、明日の調子よさを保障するものではない。明日の調子は明日になってみなければ判らない。否、明日が終わってみなければ分からない。

若い時分は今日の生命《いのち》が永遠に続くものと漠と考えていたが、しかし高齢者になったら寧ろ今日の生命は今日だけのものと覚悟を決め、明日の生命は新たに天から頂戴する生命だと思うべきだろう。

そして高齢者の老境は老病との闘いとなることを覚悟し、ゆめゆめ甘い期待などしないことである。

残命あるも老軀もたず朽ち。

高齢者になってからも健康を願うのは少々虫がいい気がする。

第一、自然の摂理に反する。使えば傷み老朽化する。何もクルマだけではない。その覚悟をもって老境を迎えることである。

勿論老朽を治す為、西洋医療に頼って長寿を願う人もいれば、逆に今更老体に毒を入れて己の躰を苛めることはないと拒否し、あるが儘自然に委ねる人もいるだろう。

どちらを選択するか、本人の価値観、生き方である。いずれにしても死は身近である。その差し迫った歳になって私が願うことは、最新医療でも新薬の開発でもなく、安楽死の合法化である。

私自身、亡き妻と共に「尊厳死協会」に入っており、死に対する不安は軽減された。ところがホスピスに入った妻の死に逝く姿を見て、尊厳死協会の入会だけでは不充分と考えさせられた。
殊にホスピス自体玉石混淆で見かけ倒しの名だけの処もある。こんな所へ入ったら最期の最期に惨めで酷い目にあう。

日本尊厳死協会の「尊厳死の宣言書《リビングウィル》」によると、

回復の見込みがなく、すぐにでも命の灯が消え去ろうとしているときでも、現代の医療は、あなたを生かし続けることが可能です。人工呼吸器をつけて体内に酸素を送り込み、胃に穴をあける胃ろうを装着して栄養を摂取させます。ひとたびこれらの延命措置を始めたら、はずすことは容易ではありません。生命維持装置をはずせば死に至ることが明らかですから、医師がはずしたがらないのです。『あらゆる手段を使って生きたい』と思っている多くの方々の意思も、尊重されるべきことです。一方、チューブや機械につながれて、なお辛い闘病を強いられ、『回復の見込みがないのなら、安らかにその時を迎えたい』と思っている方々も多数いらっしゃいます。『平穏死』『自然死』を望む方々が、自分の意思を元気なうちに記しておく。それがリビングウィルです。

日本尊厳死協会は、八十三年の改名まで、「日本安楽死協会」という名称だった。

安楽死は二〇〇一年、オランダで、世界で初めて安楽死を認める法律が可決、翌年に施行された。対象は十二歳以上で、医師が致死薬を処方して自殺を助ける行為も合法だという。そんなオランダでは、年間三〇〇〇人ほどが安楽死しているそうだ。

その次に、安楽死が合法化されたのはベルギー。

「苦痛が堪え難く、改善の見込みがない」「自発的で熟慮されている」などの要件を満たし、書面で本人の意思を確認した上で、薬物注射などで死期を早める。そんなベルギーで安楽死が認められているのは十八歳以上のみなのだが、現在、十八歳未満の子どもにも認められる方向で法改正が進められている。

また、ルクセンブルクも二〇〇八年に安楽死を合法化。スイスやアメリカの一部の州では、医師が処方した致死薬による「自殺の手助け」が認められている。

二〇一四年十一月、こんな言葉を残して、アメリカ人女性のブリタニー・メイナードさんが安楽死しました。

まだ二十九歳で新婚なのに、末期の脳腫瘍という診断が下されたのは、この年一月のこと。春には『余命六ヵ月』という宣告を受けたそうです。

『文藝春秋』二〇一七年三月号に載ったジャーナリスト・飯塚真紀子さんの『娘を安楽死させた母の告白』という記事に、ブリタニーさんの遺した言葉が紹介されています。

〔これから腫瘍が進行したら、私は視覚や聴覚を失い、話すことも考えることもできなくなる。もはや人間とは言えなくなる。拷問を受けるのと同じだわ。それは私の望んでいる生き方ではないわ〕

〔医師のアドバイスに従って治療を受けたとして、医療機器がピーッと鳴る音を聞きながら、ただベッドに繋がれているだけだわ。それは生きることとは違う。ただ、技術的に生かされ続けているだけ。それは死ぬよりも辛いことだわ〕

そしてブリタニーさんは、それまで住んでいたサンフランシスコから、オレゴン州へ引っ越しました。オレゴン州には安楽死法があるからです。

オレゴン州で安楽死を認めてもらう条件は、〔不治の病で余命六ヵ月であること、患者本人が二人の医師に口頭及び書面の両方でリクエストし承認を得ること、終末医療の治療オプションの一つであると理解すること、患者に判断能力があること、二人以上の証人がいること、最初の要請から十五日後に再要請することなど〕だそうです。

二〇一五年にオレゴン州で安楽死のための薬を得た人は二百十八人いますが、そのうち八十六人は服用していないということです。

ブリタニーさんは、自ら安楽死を選択すること、その日は夫の誕生日のあとの十一月一日であることを、ユーチューブなどで公表しました。その動画は千二百万回も再生されるほど、大きな関心を集めました。

宣言した通りの十一月一日、医師から処方された薬を飲みました。法律で、いつ薬を飲むか患者本人が決め、自分自身で飲むことが定められているため、意識がしっかりしている間に実行しなければいけないのです」

（橋田壽賀子著『安楽死で死なせて下さい』文春新書）

尊厳死にしろ安楽死にせよ、法制化に危惧し反対する人々がいる。その理由《わけ》とは、尊厳死という名の「医療のネグレクト」が起こる恐れが法制化を推進する政府の意図（医療費カット）にある。亦いざというとき簡単に撤回できない高齢者やALS（筋萎縮性側索硬化症《きんいしゅくせいそくさくこうかしょう》）など重度の障害者が法制化の犠牲になる……etc。

重病患者のなかには、家族が望むのならどのような苦境にも耐えようと思う者、必ず治るからと誓う者、大事にしてもらっているからこそ幸せだと言う者が大勢いる。体温だけでもできるだけ長く幼い子どもに与えつづけようとする者もいる。身勝手には死ねないと、むしろ自分があなたたちのそばにいてあなたたちを見守るのだと誓う患者もいる。

実際のところとてもたくさんのＡＬＳの人たちが死の床でさえ笑いながら、家族や友人のために生きると誓い、できるだけ長く、ぎりぎりまで生きて死んでいったのである。だから、あえて彼らのために繰り返して何度も言うが、進行したＡＬＳ患者が惨めな存在で、意思疎通ができなければ生きる価値がないというのは大変な誤解である。

（川口有美子著『逝かない身体』〈医学書院〉より）

法制化で生きる権利を阻隔される人々がいると同時に、法制化で救われる人もいるのも事実。「そんな身体になってまで生きたくない」と思うなら勝手に死ねばいい、それを絶対人に強要するな、という反対派の言い分は逆に勝手に過ぎる。

生きる権利があると主張するなら、死ぬ権利も主張できる筈。

古今東西、何千年来人々は生きる哲学、死ぬ哲学で人間の生命《いのち》はどうあるべきか悩み苦しんできた歴史がある。

生きることは死ぬことであり、死ぬことは又生きることであるという自明のことを忘れて、どちらかに与《くみ》する考え方は危険である。

その典型的な悪例が「ナチスの優生思想」であり、現在話題になっている「旧統一教会」問題である。

上と下、左と右、天と地、陽と陰、プラスとマイナス、男と女。何事も一つだけで存在できず、二つが一つになって存在するのではないか。

「生と死」があって、初めて人間が存在するのだ、とすればどちらか一方を強く主張することはできない。

戦時中は特攻隊員の如く死ぬことが正義であり、生きることを主張する人間は非国民とされた時代もあった。

大事なことは、常にいつの時代であれ、亦社会であれ、生きる権利と死ぬ権利を同等に看做《みな》す社会と時代にするべきである。

過去の歴史は一方に片寄った主張で悲惨な犠牲が生まれた。男女の格差、貧富の差、身分の差、白人と有色人種の差別等々枚挙に限りがない程。

すべてが平等であり同等であるべきである。

次に二つの文章を読んで頂きたい。

徳洲会グループのトップ・徳田虎雄氏が車椅子に座り、呼吸器をつけ、全身のうち唯一動く眼球だけで文字盤を示して意思を伝える徳田氏の姿。

一種異様な風貌のようにも見えた彼が患っているのは、原因不明かつ、不治の病のＡＬＳ（筋萎縮性側索硬化症）。

罹患すると、徐々に身体中の筋力が失われ、最終的には全身が動かなくなり、呼吸筋も奪われて死に至る病である。

治療法は、ない。10万人に１人と言われる難病だ。

全身が動かなくなっても、脳の機能や視力、聴力などは正常。このＡＬＳに罹患すると、ある時点で、「生きるか、死ぬか」という究極の選択をつきつけられる。

それは呼吸筋が衰えてきた時に、『人工呼吸器をつけるか、否か』だ。

人工呼吸器をつけなければ、確実に死に至る。が、つければかなりの期間、命を長らえることができる。呼吸器をつけて10年以上、生きる人もいる。

しかし、ＡＬＳには24時間体制の介護が必要だ。治療法もないので、多くは在宅での介護となる。胃ろうからの栄養の補給、排便、排尿のケア。身体が硬くなってしまうので数時間おきに寝姿勢を変え、場合によっては数分おきに唾液の吸引をする。これでは家族は介護に忙殺され、仕事もやめざるを得ないだろう。

このような状況から、ＡＬＳ患者のうち、呼吸器を『つける』という判断をするのは約3割。残りの7割は、『つけない』と判断して亡くなっている。

この数字を、あなたはどう思うだろうか。自分だったら？　或いは、自分の大切な人だったら？

もし、患者本人が『生きられる』環境や制度が整い、金銭的な不安もないのであれば、ほとんどの人が『呼吸器をつける』という判断をするのではないだろうか。しかし、7割の人は『家族のため』を思い、亡くなっていくのである。（後略）

次に、

たとえば、死ぬ間際にする点滴は、場合によっては患者さんを溺死させるのに等しいとか、酸素マスクは上品な猿ぐつわだとか、胃ろうは活ける屍への第一歩だとかです。

死にゆく人に何かしてあげたいという家族の気持はわかりますが、それが逆効果になるようでは本末転倒。本人を苦しませるだけです。

医療が進歩して、それまで治らなかった病気が治るようになったのはいいですが、死の実態が隠され、世間に『医療は死も止められる』という誤解が広まれば、新興宗教も同然です。医療を信じたい気持はわかりますが、過渡な期待は人を惑わす幻想となり、たった一度きりの死を下手に迎えてしまう人を増やすばかりです。（後略）

前文は雨宮処凜《かりん》著『14歳からわかる生命倫理』（河出書房新社）より、後文は久坂部羊《よう》著『人はどう死ぬのか』（講談社現代新書）より。


二著より引用した文章を読んで、人それぞれ感じることは異《ちが》うでしょう。

私は常に此の世に唯一無二なことなど存在していないと思っているから、唯一絶対など言う人を信用しない。老いも死も肯定的にも否定的にも語られるべきであり、だから生も死も同等に扱い、どちらか一方に与することはしない。与した途端に盲目になり、もう一つのよいところ、大切なところを見失ってしまうから。

実に勿体ない。


久坂部氏の言う如く昨今の日本における生の無条件肯定と、死の絶対否定の風潮を考える時、同じく思い浮かべるのは戦争と憲法九条のことである。

多くの日本人は、戦争を避ける唯一絶対の方法は憲法九条を死守することだと思っている。

戦後七十数年平和であったのは、この九条のお蔭だと堂々と主張している。しかし一寸考えてみれば、憲法九条で戦争を避け平和が保たれることなど現実に照らし合わせてみれば、単なる幻想に過ぎないと分かる筈である。

ウクライナを見れば直ぐに解る。侵略者に道義心を求めることは泥棒に常識を求めることに似て無意味である。戦時中における日中戦争の日本の侵略ぶりを見れば一目瞭然のことである。道義心などひとかけらもない。

（戦争をしたくないと言っても、戦争をしたい人間がいる、それで儲ける人がいる、その上その人達に踊らされる人々がいる限り戦争はなくならない）

日本が戦後平和であったのは、日米安保条約があったらばこそである。国内法の九条で外国を規制できるなどと思うことは、実に平和ボケの極楽トンボと云われても仕方ないことである。

戦時中、神風が吹いて、いずれはアメリカに勝つなどと信じた日本人が今も猶居て、憲法九条をかかげ国の大勢《たいせい》を占め誤った方向に導いている。

〈大衆は断言を求め、証拠は求めない〉と言ったアナトール・フランス（仏小説家）の警鐘がある。

現実の混沌《こんとん》とした世界情勢の中、一日も早く目覚めねば将来の日本は危うくなるだろう。生と死と戦争の問題だけでなく、兎角《とかく》日本人は見ぬもの清しで穢いものや醜いもの怖いものは遠ざけて、見ようとせず、それが高じて見なかったこと、なかったことにしてしまう。

正に死は己にないと思い込み、いざ癌にみまわれ告知された途端に、周章狼狽して初めて気づく始末となる。

生きることに執着して辛い治療に耐えている人も、時にはその治療の辛さに耐えかねて、死にたいと思うこともある筈。結局耐え忍んで亦治療に立ち向かう。

逆に治療を断念し、自然死・平穏死を選択した人も、死にたくない、生命《いのち》を永らえたいと思う時もある。

人間の選ぶ道に迷いのない道など存在しないのだ。

生への道の中にも死の誘惑の迷いがあり、死への道の中にも生への執着の道が交じる。

それが人間の生命の尊さの証拠《あかし》である。

長寿者となっても、いずれは死を迎える。どんな形でどんな処で、どんな風にと想像し、その段取りを決めておくのもいい。英国のエリザベス女王の逝去を見倣《みなら》って。

私は癌であれ、他の病であれ、死にかかったら西洋医療の手にかからず、自然死・平穏死を選ぶ。

独り身の境遇では、他人に迷惑をかけずに逝く為に、最期はホスピスで迎えることにしていた。

ところがホスピスにも良し悪しがあり、よくよく調べて入らぬと、とんだ目に遭うことを妻の逝ったホスピスで思い知った。亦逝くまでに十日余り、妻のように苦しむこともあることを知った。そんな安楽に簡単に死ねないのだ。

そこで次に考えたのは安楽死である。日本では勿論法制化されていないので、受け入れてくれる国、スイスへ往かねばならず、その上手続きもいろいろ面倒だと知った。ただでさえ病院へ行くのも面倒と思って行かない私が、わざわざ死ぬ為にゴダール監督のようにスイスに往くのは考えただけで厭になる。まして周囲に助けてくれる人達がいないと難しいとも言う。私には頼れる人は居ないから猶無理である。

そこまで考えて不図《ふと》気づいた。死ぬ為にホスピスへ行ったり、スイスへ行ったりすることはないのだと。

面倒臭がり屋の私に最適な方法、即ち「自死」である。勿論実行にあたっては他人に迷惑のかからぬ方法は熟慮せねばならない。

自分の好きな時に好きな場所で好きな時間を選択できるなど、最高の死に方ではないかと思えてきた。

それには自分の頭も躰もしっかりしていなければ実行は覚束《おぼつか》ない。

やるべきこと、なすべきことが終わり次第に実行できるよう、それまで覚悟を決め健康に気をつけて生きることが大事だと。

書いて娯《たのし》む

今日はようやく永年、書こう書こうと思っていた人物月旦評（元帥山本五十六）を書き終え、製本に回し安堵した。

作家でも歴史家でも勿論研究者でもない身には、高々野史《やし》の散録に過ぎないものでも、齢《よわい》八十で呻吟《しんぎん》苦労して書いたから、それなりの自己満足と愛着がある。

只残念なことに、敢えて草稿未完成の儘で製本したことである。これは書き手として恥ずかしいことと思っている。仮に読み手がいたら失礼千万な話である。

本来なら訂正、書き直し、校正等をすべきだが、八十と一になる身にそれを実行するだけの気力・体力が失せてしまった。失せたというより温存したかった。ボルヘスの至言にも「老いの時間は足が早い」という。

未だ書きたいものが山積している。これも亦、月旦評同様、未完の草稿の製本になるだろう。しかし、これでいいのである。出版などできる筈もなく、その気も当初より抱いていない。要は〝形〟にしたかった。

読んだら書き、書いたら形（製本化）にするというのが私自身の夢である。

同じように、永年趣味の水彩画を描いていた夫婦が、友人の奨めで画廊で二人の個展をひらいたら大好評で大満足したという話を聞き、素人の趣味だからといって自己満足だけに終わらせず、一歩踏み出して〝形〟にすることが大事だ。

個展を開くことが彼等にとって一つの〝形〟であり、区切りであり、完結である。

私の場合も原稿用紙の侭では何の見栄えも形もないが、表紙をデザインし、製本すると何か別の生きものになった様な気がする。今回は四冊目となるが、これまでの三冊も自分が書き、製本したものとは今も思えず、完全に私のもとから離れて独立したものとなっている。本当に不思議だ。

只、内容を読んで悪文に出会うと一瞬己を取り戻し、気恥ずかしい気分に陥る。やっぱり俺だと。

世間では自分史を書いてパソコンで入力して、自分なりに冊子を作り、友人知人に配って感想を訊きまわり迷惑がられている話を聴く。

中には手書きの判読不能な自伝史もあり、失礼だと怒っている人もいるという。

私は文字入力も製本もできないので、知人に頼んでいる。勿論それなりの費用がかかる。

手書きやパソコンでは殆ど費用はかからない。寧《むし》ろそこが足下を見られているのではないだろうか。

どんな良い品でも、剥き出しで差し出したら失礼だろう。丁寧に包装されたら、粗品でも有難味をますだろう。

時代

人はどんな時代に生きたかで変わる。

運命が選べぬ様に、時代も選べない。


だからと言ってその時代《とき》に合った生き方をすればいいという訳でもなく、亦逆らって生きるというものでもないだろう。ただ小賢しいけれど上手に時代を利用すること、そして決して時代に利用されぬことが大切だという気がする。

また先頭に立ったり、強いリーダーを求めたり、強者に憧れたりすることはタブーである。

群れずに黙ってジッと一人独想しそして行動する。

これこそ善き社会を生む秘訣である。

この反対がプーチン如《ご》習近平如独裁指導者をつくり国を誤まる。（十九世紀のフランスの思想家、プルードンは、強力な指導者に対する熱狂や、大きな集団の中に入って同化していくことを否定している）

時代は選べないが、然し時代に相応《ふさわ》しい人間に生まれたら意味のある人生を送ることもでき、時代に相反する人間に生まれたら悲惨な貧乏くじを引くことになる。

まあ大概の人は上手、下手の違いはあるが、時代々々に適当に迎合して生きる。

しかもこの大半の人々は悲しいかな正しい判断が出来かねる。

それは彼等の一番の特質が、己の利益と目前の損得に強い粘液気質を示し行動する為である。

即ち口は出すが手足（金銭）は出さずに善良ぶる。

これは平時の時である。

これが一旦国家の危急存亡の危機に陥り強いリーダーが現れると、一挙に洗脳され白痴化する。そうなると身も心も金も全て擲《なげう》って献身する始末の悪い群盲と化す。

国が滅ぶのはこのパターンである。

昭和十六年生まれの私は、十年早く生まれていたら少年兵として軍隊に入り、不運なら戦死していたかもしれない。

そうでなくても戦争中幼時だった世代の私の歳《とし》は、戦災や外地での引き揚げの際、多くの生命《いのち》を落としている。

昭和二十年三月十日の米軍による焼夷弾攻撃で、約十万人の命を奪った東京大空襲。その犠牲者は自力で逃げられなかった二歳、三歳、一歳及び四歳の順で死者が多かったという。

近現代戦は、軍隊や軍人に頼って戦争する時代は疾《と》うに過ぎ去ったことを教えてくれている。即ち「総力戦」である。国民も否応もなく加担させられ同時に被害も受ける。

今の日本の様に内外の戦争に関心がないのは珍しい。平和憲法を掲げる国には無縁だとの幼蒙《ようもう》な考えなのか。

勿論、人類史上最悪の惨烈きわめる敗戦を経験した国の人間としては、戦争を極度に忌《き》避《ひ》するのは当然と言えば当然である。がしかし〝羹《あつもの》に懲りてなますを吹く〟のたとえ通り現実的ではない。

過去の日本がそうであったように、戦争は仕掛ける側の一方的都合で侵攻してきて、相手側の都合など一切忖度《そんたく》などしない。

ウクライナがいい例だ。次は日本だと言うと、そんな莫迦《ばか》なと思うかもしれないが、侵攻する側の中国の都合では日本を傘下に治めることは、将来を見据えた中国にはどうしても不可欠な戦略なのである。（ウクライナは米欧から、露軍が首都キーウの攻略を狙っていると警告を受けたが重視せず、露軍の進軍を許したと指摘されている）

日本へのロシア・中国の侵略に対し、憲法九条は国内向けの意思統一には役立つが、対中露に対しては何の役にも立たず、日米安保条約がその代わりをしているのが現実である。

中には水戸黄門の印籠ではあるまいし、敵国に九条を掲げて見せれば平伏すとでも思っている。憲法九条が現実的かつ正しいものなら必ず他国が追随する筈だ。制定以来七十数年経ても、日本国を見習う国は一国もない。平和と武装は表裏一体、文武両道であり、現実だ。

その日米安保条約も米国の衰退の兆しが見えてきた最近では、いざ鎌倉となった時日本を守るより己を守ることに腐心することになるだろう。

一方中国は独裁的指導者の下、即断即決で行動に移す。民主主義国家はそうはいかない分遅れをとる。

日本は中国にとって目の上のたん瘤《こぶ》で、これを傘下に治めれば対米国に対等以上の関係を築けることになる。これも又ロシアのウクライナ侵攻の成否にかかっている。故に日米欧はロシアの侵略を絶対成功させてはならない。成功させたら早晩必ず中国は日本にいろいろ仕掛けて来るだろう。否、とっくに時を見定めて軍事侵攻も視野に入れているだろう。

一方ウクライナの人々とちがい日本人は、いざ鎌倉となった時に政治家・官僚・自衛隊、而《しこう》して国民は逃げ腰になるのは必至である。

八十年の平和ボケが一挙に解消されることはないのだ。しかも軍備も継戦能力も何日持ち堪えるか疑問であり又、ロシアによるウクライナ侵略は、長期戦への備えの必要性を日本に突き付けた。

戦争のない歴史はない。歴史は戦争の歴史といっていいくらいだ。日本だけが世界の歴史の戦争から逃《のが》れることは出来ない。

この世の中から悪人が消え去ることがない様に、人類が生存する限り戦争は人類の宿痾《しゅくあ》となっている。

――私は何の努力も負荷もなく、簡単に就職もでき結婚もできた良き時代に生きてきた。それは、まえでもダメ、あとでもダメな幸運な時代であった。

憲法九条は人類が到達すべき究極の理想なのだ。軽々には損なえない。ロシアのウクライナ侵略と日本の軍拡、改憲の動きには――。「憲法九条を守れば平和は可能なのに、人間はなんてバカなことをするんだろう。でも、私はいまも平和憲法に一縷《いちる》の希望を託したいのです」

（しんぶん赤旗日曜版　作家・阿刀田高さん）

今日の世界に於て無軍備を誇るのは、病気に満ちた社会に於て医薬を排斥する或種の迷信に比すべきか。

(『石橋湛山日記』みすず書房、昭和二十五年一月一日より)

ムダな努力

医師と患者の関係は、支配者と被支配者に似ている。その上患者になれば、途端に子供扱いされる。

妻の再発乳ガンの治療方針を訊く為に受診したおり、「ステージは？」という私の問いに主治医は「再発にステージなし」と言下に否定した。

その言い様は他人事のような冷たさを感じさせ、「なぜ？」という当然訊くべき質問を飲み込んでしまった。後で調べれば判る筈だと安直に考えた。そのことが後々大失敗につながってゆくとは思いもよらなかった。

このT大の大学病院の婦人科のベテラン医師に、再発のリスクを具体的にかつ詳細にきくことが如何に大事なことかも知らなかった。

主治医も患者の問いに説明する責任がある筈だが、無視された。

この時に人間としての主治医の人格を疑い、察するべきだった。

しかし愚かにも、発症時に手術をしてその後十五年も世話になった医師を疑うことに遠慮があった。

それが大きな過失の一歩の始まりで、遠慮するような医師に生命《いのち》をゆだねた当方の落ち度だ。

とは言え生殺与奪の権を握られている患者の立場が弱いのは、孰《いず》れの患者も一緒だ。（殆どの医師は患者になってみてはじめて分かったと言う）

多くの医療犠牲者がでるのはこの為である。

治療に成功した患者は共通して医師とのコミュニケーションがとれ、強い信頼関係で結ばれている。（風通しの悪い、物が言えない企業風土が不祥事を招くのと一緒）

これは単に優しい先生という意味ではなく、優秀な先生であるが故に優しいのである。

結果からみて妻の担当医は拙劣であった。

しかし拙劣な医師を見抜けぬ私の凡眼・凡愚にも大きな責任がある。

元ＮＨＫアナウンサーの絵門ゆう子氏の著書（『がんと一緒にゆっくりと』）によると、乳ガンを発症しても主治医も持たず、又現代医療の標準治療（手術、抗ガン剤、放射線）を拒否。「自分で治してみせる」と自己流の治療を試みた。

彼女がここまで病院を嫌がる理由《わけ》は、母のガン闘病があった。

著書によると、

　母は、全く自覚症状がない時に人間ドックで初期の子宮がんを発見され、五年間で三回入退院を繰り返し、手術や抗がん剤の治療を受けてきたが、二度目の再発の時、治療を断った。半年間自宅で普通に過ごしたが、病院側が、『元気になる注射』と偽って抗がん剤を打った時から急変、治療も虚しく亡くなった。『病院にさえ行かなければ、こんなことにならなかったのにって思えてならないのよ』と、母が最期の頃に言った言葉が強烈に残り、私には母は入院して治療を受ける度に具合を悪くされたとしか思えなくなった。

以来、私はトラウマのように西洋医学を怖がるようになった。その一方で、治療を断った後半年間、母が奇跡的に元気になったことが、私を自然療法や健康食品に傾倒させるベースになった。（後略）

そして彼女は頑なに病院治療を拒止し、自然療法、民間療法、健康食品等で自己治癒力を期待するも悪化し、苦痛に苛《さいな》まれる結果となった。その間一年二ヶ月。（それからのことは著書で）

西洋医療にしろ民間療法にしろ、唯一絶対の治療法などある筈がない。しかも妄信的に互いを非難中傷し否定するのは、人間の体の微妙繊細を知らぬ無知なともがらと言わねばならぬ。

病をえた際、どんな療法が適しているのかを立ち止まって冷静に考えることだ。決して周章狼狽して医師の言いなりになったり、民間のインチキ療法の口車に乗らぬことである。

殊に癌の告知を受けると、普段強がりを言っている立派な人でもうろたえる。生命《いのち》を惜しむ心が生まれるのだ。

昔と違い現在はいろいろの療法がある。しかし医師の不勉強は多忙を理由に今も猶変わらない。

故に主治医の言いなりの治療を受け入れることは、己の生命を自らどぶに捨てるようなものである。

セカンド・サードオピニオンとてさほどあてにはできぬ。大半の医師が標準治療という安全パイに寄りかかって、日進月歩の医療の勉強を怠っている。

その最大の要因は、ナイチンゲールの言う「患者に共感する」、即ち寄り添うことを軽視し無視している為である。

医者とて所詮人間だ。自分を守る為、狡《ずる》く立ち回るのは仕方のないことだ。

とは言え、生死の権を握っているという自覚が有るか無いかで天と地のひらきがある。

しかし医者も一個の人間、患者の生き死ににいちいち心をくだき責任をもっていたら心も体ももたない。

その上、患者とていい人間ばかりとは言い難い。五十歩百歩の間柄である。

少しでも患者を助けたいと思った医師は、怠らず常に勉強すべきだし、患者も亦生命を惜しいと思うなら、己が病の勉強を積極的にするべきである。

況《ま》して、自分の病の為にかわりに勉強してくれる奇特な御仁（医者も含めて）などいる筈はないと、深く肝に銘ずるべきだ。

おおよそ患者は自分の体に対して無関心である。

病名を言い渡されて初めて気づく。片寄った食事と貪食に酒、タバコ、運動嫌い、それでも病とは無縁と信じている。当面は確かに頑健であることには間違いない。しかしコップに注いだ水が容量を越すとあふれ出るのと一緒。生身の人間に不死身などということはない。過信である。

最近、出っ腹の男性を多く見かける。本人はともあれ見た目が苦しそうだ。手術の時困ると聞く。まして大食漢だという。

過ぎたるは何とかいう如く、物事には総て適正というものがある様に、人間とて適正体重がある。要はバランスである。バランスを崩せば誰でも倒れる。ＢＭＩが30を越すとコロナ禍の中、「基礎疾患患者」になる。

逆に病的と思う程健康に気を使っている人もいる。面白い人生をつまらなく生きているように見える。

出っ腹の人であろうと健康に神経質な人であろうと、本人がよし、と納得しているなら端《はた》がとやかく言うことではない。

ただ癌を告知されて「何故《なぜ》私が？」と未練がましく口に出すことは止めた方がいい。

当然、病には必ず原因がある。その原因の大半は本人にある。本人が謙虚に自らを省みれば了解できる筈。勿論、例外はある。

生身《なまみ》の人間が老いさらばえ、病に伏し倒れるのは自然なことである。それが今日か明日か明後日かの違いがあるだけだ。

ある年齢に達したら、頑健な躰であろうと楽天的性格であろうと、思いがけなく死の宣告が下ることは常に肝に銘じておくべきである。その上で頑健を誇ることも楽天を標榜《ひょうぼう》することも勝手次第である。

ただ、働き盛りの人であろうと高齢者であろうと、癌の告知はショックだという。二人に一人が癌になり、三人に一人が癌で死ぬという時代では、当然のなりゆきであると察するべきではなかったのか。この世に起こるすべてのことは、自分に起こっても何の不思議もないと。

私は五十になった頃、癌を意識することになった。

キッカケは思い出せないが、五十という切りのよい年齢が思わせたのかも知れない。

それを潮に酒もタバコも徐々に止め、一年後には漸く習慣になった。

その頃、何をやろうと意志の弱い私には、なそうと思うことを習慣にすればいいと考えるようになった。

今迄は意志が弱い故に一遍に変えようと、思い切って決断し実行するも永続きせず、途中で放り出すことが度々あった。

習慣にするということは、毎日毎回少しずつ積み重ねてゆくので、意志薄弱な徒にも対応しやすい。

一日できたらもう一日、一回できたらもう一回という風にやればいい。

失敗したら、亦一から一つずつやり直せばいい。何回か繰り返しているうちにそれが習慣となり、誰でも達成できるようになる。

又、その頃から少しずつ医療関係の資料を蒐集するようになった。のちに妻が乳ガンを発症した頃からは本格的にやるようになった。

しかし結果からみると、役に立ったかと言えば資料過多で、必要で大切な肝腎なところが抜けてしまった。

当然ながら情報は量ではなく質である。大量の情報の中の今必要としている情報に的を絞り整理収集する。

「的を絞る」と一口に言っても、〝癌にも百人百様の人相がある〟という。

光子の場合、主治医はその人相を知ろうという積極的な検査もせず、亦、患者側も癌に人相があるなどと知ることもなかったが、その集めた資料の中にあった筈だと思う。多分読み飛ばしていたのであろう。それは精度を高める情報の整理を怠った結果の過失である。

妻のガン治療も半ば過ぎに、漸く主治医を替えた。その結果、癌の人相を識ることができた。

遺伝子検査の結果である。光子の乳ガンは「ＢＲＣＡ１・２」という遺伝性の乳ガンと分かる。

線虫ガン検査

漸く線虫によるガン検査の結果が届いた。開封は妻の祥月命日に築地本願寺へ行った帰り、いつもの銀座四丁目のカフェの二階で珈琲を飲みながらであった。

二人に一人が癌になる時代に、自分が癌から逃れることは有り得ぬと疾《と》うから覚悟はしていた。

しかし、いざとなると即座に開封する勇気がなく、妻の墓参りにこじつけて開封することにしたのだ。

凶と出たら、余程軽い結果でなければ一切の治療はせず自然に委《まか》せると早くから決めている。この歳（八十歳）で手術や抗ガン剤の投与は負担が重く危険である。そればかりでなく、寧ろ逆に生命《いのち》を縮めるという。癌の進行もこの歳では若い人に比べて遅いとも言う。

結局は残命と進行状況との競争ということになる。

只、残命が半年以内となると、為すべき計画に支障をきたす。

出来得《できう》るならやるべきことを最後までやり通して往生を遂げたい。

その時間が欲しい。長くはいらない。できたら一年欲しい。否、一年あれば十分である。況して九十、一〇〇まで生きたいなどとは思わない。今やるべきことを為したら、あとは何もない。

そしてただなんとなく生きてゆくことなど、私には何よりの苦痛である。これまで八十年間、常に為すべきことを追い求めて生きてきた。もう自分自身を解放してあげてもいいと思っている。

それが九十、一〇〇まで生きたら残酷物語となってしまう。

これを今、開封前に書いている。開封後に書くものと違ってくるだろう。

普段、事《こと》が起こってから反省やら後悔やら愚痴やらを言うが、今回の如く開封前の心境と開封後の心境を比較するのも面白いかなあと思っている。

今日の墓参りは恰度《ちょうど》「合同墓納骨者総追悼法要」で、献花が一杯綺麗に飾ってある。カサブランカというユリの花だと、同じお参りにきていた老婦人が教えてくれた。

墓前に手を合わせ、妻に、

「今日、ガン検査の結果が分かるよ。一寸心配だよ」と話しかけると、

「あなたは大丈夫」という声を聞いた気がした。

生前より、私に何があっても大丈夫というのが妻の口癖で、余程頑丈に出来ている人間だと思っていたようだ。

多分、腺病質というか蒲柳《ほりゅう》の質の妻から見ると、殺しても死なない強《したた》かな人間に見えたのかもしれない。

さあ開封、「吉」か「凶」か！

「吉」と出た。結果報告書によると、「あんたのがんリスク判定　低い（B判定）」とある。「低い」と太文字で明記してあるのが直ぐ目に入り、一瞬安堵《あんど》する。本来なら安堵するより飛び上がって喜ぶ筈と思っていたので意外であった。

亡妻の言った通り「大丈夫」だった。A判定は全体の四十三パーセント近くいた。B判定は十三パーセントだ。年齢層が出ていないので、そのA判定の中に八十歳以上の占める人数は不明だが、八十歳でB判定は良しとするべきだろう。

しかし「低リスク」との判定に、途端に欲心を起こし、A判定が欲しいとは、凡愚の誹《そし》りを免れない。

ところで「凶」なら、「吉」と同じ冷静さを保つことが出来ただろうか。多分無理。そんなに人間はできていない。しかし「C判定」のリスク中ぐらいは覚悟はしていたが、矢張りその時でさえ驚かず淡々と受け入れたかどうか考えてしまう。

その上、治療するかしないかの悩ましい問題もかかえることになる。無精者の私には、死ぬより面倒臭い厄介な問題である。

「D・E判定」なら何も考えず何も処置することなく、従前の覚悟どおりに成るが儘に委《ゆだ》ねるだけだ。しかしD・E判定も厄介と言えば厄介だ。治療の代わりに自然死（餓死）させてくれる処を探すのだから。別段死に急ぐわけではないが、死ぬことは孰《いず》れも簡単にはゆかず、面倒臭いことである。

大事なことを忘れていた。

感謝である。この歳で低リスクという判定は理屈抜きでラッキーであり、感謝の何ものでもない。

ここでやるべきことを残して今逝くのは無念という思いがあったので、事故・事件・天災を除けば、あと半年は大丈夫だろうと安堵している。

いつも一つのことに拘泥し思索追求していると、偶然にそれに資する情報が自然に目につき大いに助けられる。幸運というべきか必然というべきか。

『月夜の森の梟』（小池真理子著）が手に入った。

この本は小池氏のご主人で作家の藤田宜永が、肺ガンで亡くなった時の闘病生活の彼女の心境の記録である。ご主人は亡くなるまでの一年十ヶ月、好きだった書くことの仕事を一切しなくなったという。

可成りのヘビースモーカーだった由。こういったよくあるケースを見聞きすると、私は一つの違った価値観をおぼえる。

私は老いてますます摂生を心掛けている。それは健康で長生きしたい訳ではなく、只、やりたいことをやる為である。即ち、この歳になってもやりたいことがまだ残っているための摂生である。

やりたいことがなかったら、不摂生もするだろうと思う。

彼は若い時から書くことが好きで小説家を目指していた由。

不思議に思うのはここである。長年のヘビースモーカーが肺ガンになるケースは尠《すくな》くない。作家の彼がそんなことを知らぬ筈はなく、知って覚悟を決めて吸っていたのか、知っても止められなかったのか、それとも一般によくあるケースの「自分だけは大丈夫」と、根拠のない楽天主義者を極め込んでいたのか。

喫煙を続ければ、吸わない人に比べてリスクが高くなることは想像がつく。只、喫煙と思索には相関関係があるとよくきく。漱石もタバコは「哲学の煙」と言っている。とすれば一概にノーとは云えない。

がしかし、好きなことがあれば、その為の我慢は私なら仕方ないと思うのだが。

私の今回のガン検査も、尾籠《びろう》な話で恐縮だが長く便秘と下痢の繰り返しの酷い症状のまま、十分覚悟はして結果を待っていた。それが癌の兆候なしという判定に意外と思う反面、矢張りそうかという思いが交叉した。生前の妻が心配症の私に、何かと「あなたは大丈夫」と一寸突っぱね気味の言いようで励ましてくれたことを思い出したからだ。

今回も遺影に線香をあげながら報告すると、

「私が言った通りでしょう」と言った様な気がした。

あと半年、一年、頑張って残りの本をつくろうと思う。一年先があると保障されたわけではないが。

――父は「タバコがなければ、一行だって文章を書けない」と常日頃から言っていた。父からタバコを取り上げて、文章を書く生きがいを奪うのはどうかと思い、私は父の禁煙についてはいつしか仕方ないかと諦めてしまっていた。

昔、祖母はなぜか私に向かって、「芥川龍之介は、タバコを吸おうと思ったら丁度タバコが切れていて、それがキッカケで半ば衝動的に自殺したんだ。あの時タバコが一本でもあったら生きていたかもしれない。だから作家にタバコを切らせてはいけないよ」とよく語ってきかせた。そんな本当かどうかわからない言葉を（祖母は作家志望の元女優で、直木三十五や久米正雄たちと親しく、芥川とも面識があったから、意外と信憑性の高い話かもしれない）、都合よく思い出しもしていた。――（出典不明）

癌に罹《かか》った人の呼気や尿中には特有の匂い物質が検出される。全身のいろいろの癌であっても癌に共通した匂い物質が尿中に排出され、それを線虫が嗅ぎ分けて寄ってくる。その「線虫がガン患者の尿に誘引される」現象を利用したガン検査である。

令和四年六月頃

線虫ガン検査の結果も分かり、マンションの排水管改修工事も無事終了、最大の懸念だった「山本五十六戦究余聞録」も漸く製本までこぎつけた。

此のふた月、多忙というか気忙しい日々は、まるで光子の亡くなった直後のようであった。年寄《としよ》って忙しいことは一つの慰めである。

しかし光子の生前でも毎日可成り気忙しい時間を過ごしていた。亦よくよく考えてみれば、十五の春以来齢《よわい》八十になるまで、一日としてヒマな生活を過ごしたことは記憶にない。

多分、生来の貧乏性のためだろう。他人《ひと》に誇れる程のことを何もしてこなかったが、退屈だけはしたことはない。とは言え面白い人生かと言うとハッキリは言えない。

だが八十になるまで一度としてぶれずに貫き通し、曲がりなりにも三つの夢を適えた。

言い換えれば八十年の長き人生、たった三つのことしかやってこなかったことになる。

だから同年代の仲間が普通にやることは一切やってこなかった。マージャン、ゴルフ、競馬、競輪、パチンコ、スキー、マイカーも子育ても経験がない。

各界各分野でその才能を発揮して他人《ひと》を感動させる人達を見ると、凡夫の自分とは雲泥の差を思い知らされる。

此の面白き世の中をつまらなく生きた無才の身がうら悲し　凡嗣《ぼんじ》

余命で甦る生命《いのち》

残りの人生を年数でなく日数で数えると実感がでる　城山三郎

一般に癌に見舞われると余命の宣告を受けることがある。しかも三ヶ月とか六ヶ月とか一年とか。しかし余命など生まれたその日から決まっている。ただ医者でなく天が下す。しかも本人には分からないように。

実際に病をえて宣告を受けた人に、老若男女を問わず周章狼狽しない人間はいない。しかも平生強がりを言っている人間とて、いざとなると命を惜しむ。

それは死が人生の終わりではなく、新たな人生の始まりと知るからである。

死を前にすると人は詩を詠み、自然を愛《め》で、慈しむ心がわき、小鳥の囀《さえず》りに耳を清《す》まし、名の知らぬ草花の小さな生命に己のいのちを重ね、心を写し出す。

その時、何十年と永《なが》らえた筈の生命が一枚の薄っぺらな印画紙のように思え、残されたいのちの重みに、生まれてはじめて生きている強い実感、そして残されたわずかな空蝉の如き残命を心頼みにする。

畢《お》わりを知れば現在《いま》の大切さがわかる。

進行の詳細を知り尽くすゆえ一切拒否して死に向かひたり

小池《こいけ》 光《ひかる》

歌集『サーベルと燕《つばめ》』には一歳下の弟の死を嘆く一連の歌がある。肺癌《がん》を専門とする胸部外科医だったが、自身が癌とわかったとき、「一切の治療を拒んで入院もせず、自宅のベッドの上でしずかに旅立った」という。そんな死に方もある。

（読売新聞『四季』長谷川 櫂より）

生命《いのち》の軽重

元帥山本五十六と言えば、真珠湾奇襲作戦成功の立役者として知られている。しかし、その後の彼の行動を知る人は少ない。テレビでも映画でもすべて真珠湾作戦で終わっている。

それにくらべて書籍類は多数出版されていて、その内容は精細を極め、大いに参考になる。

しかも、功罪相なかば、論賛する者あり、論難する者あり。

只、残念なのは何百年前の史料の乏しい時代のことならいざ知らず、今次大戦の実相を顕《あき》らかにする史料が豊富にあるにもかかわらず、日米開戦八十年たった現在も猶、山本五十六の虚像が見直されず放置されていることである。

諸悪の根源とよくいわれるが、正に山本の真珠湾奇襲作戦がこれに相当する。

成功どころか日本を亡国に導いた元凶である。

即ち奇襲作戦が騙《だま》し討ちになり、それが人種差別の激しい米国社会に、黄色日本人への更なる差別と憎悪を生んだ。

それが日本本土への凄惨な無差別攻撃となり、広島・長崎への人類初の原子爆弾の投下となった。

騙し討ちの経緯《いきさつ》には日本側の手違いを米国に利用されたという説が有力であるが、仮に宣戦布告の一時間後に総攻撃となったとしても、夜討ち朝駆けと同じ不意打ちであり、結果は騙し討ちと変わりない。

「兵とは詭道《きどう》（騙すこと）なり」という孫子の兵法に順《したが》う日本とカウボーイの国アメリカとの違いである。背後《うしろ》に回って発砲する男を米国では卑怯者呼ばわりする。

松岡洋右《まつおかようすけ》は、日独伊三国同盟を成立させ、日米開戦の直接的原因をつくった外相として知られている。

十三歳の時、松岡は、アメリカに渡っていた伯父を頼って渡米した。以後、二十二歳で帰国するまでの九年間をアメリカ西海岸地域で過ごしたが、そこで松岡は人種差別を経験している。

松岡は、自ら学資を稼いで州立オレゴン大学の夜間部に通い、一九〇一年に卒業した。その間に、侮辱した白人学生に飛び掛かって喧嘩したという。体格で勝る大男の白人に敵う筈がないが、しかし喧嘩相手の白人学生は松岡のことを認め、握手して仲直りしたという。

それが原因となって松岡が反米主義者になることはなかったが、アメリカに対する松岡の強烈な対等意識は、この時期に形成されたらしい。

日本人はすぐに謝り、譲歩し、妥協点を探ろうとする癖があるが、これに対して松岡は、自己主張の強いアメリカ人と同様に、日本人もまた堂々と自己主張し、争うべきであるという認識をもったのである。そうしなければ、自己の存在と利益を守ることはできない。


松岡の例を挙げるまでもなく、万一人種偏見を抱いている白人の国、米国と干戈《かんか》を交えるなら、その偏見を打ち破る為にも、正々堂々洋上決戦に臨み雌雄《しゆう》を決すべきであった。

山本五十六に批判的な反《アンチ》山本派がいる。坂井三郎（零戦撃墜王）、生出寿（海兵出身）、中川八洋（筑波大名誉教授）等の人々が現れた。

山本の戦術・戦略を無視した真珠湾奇襲作戦の意図は、長期戦では敗ける、だから短期決戦。短期決戦なら奇襲作戦というご都合主義である。

第一、奇襲などという姑息な手段を使って米太平洋艦隊を打ち破ろうと、あの広大な米国が屈することはありえない。まして、多少でも米国を識《し》っている人間には当たり前過ぎる程の理屈を、どうして山本も上層部も真剣に思考しなかったのか？

この疑念を晴らしてくれたのが先述の三人である。しかしそれでも猶、山本の虚像が改まることがなかった。

しかし、ベストセラー作家で戦争体験者の松本清張、司馬遼太郎（共に陸軍）、城山三郎（海軍）等の何《いず》れかの人に書いてもらったら、山本の人物像がハッキリと示されたことだろう。

松本、司馬両氏などが書くと、その関係資料が神田神保町の書店から根こそぎなくなっているというぐらいだから、大いに期待できたであろう。残念である。

一方城山は〝足軽作家〟と揶揄《やゆ》される程、自分の足で妥協のない徹底調査をする人である。

又、長年にわたり史実調査に基づく小説を発表してきた作家、吉村昭氏も最適であっただろうと思う。

この人達にかかったら、山本の実像が丸裸にされて、山本ファンも激減し、一般の人々の歴史観も認識も大きく変わるだろう。

しかし残念なのは、先の三人は共通して軍人嫌いだということ。

殊に城山は、戦争指導者たる軍人には強い嫌悪感をもっている。

『城山三郎伝　筆に限りなし』（講談社）の著者、加藤仁氏によると、

城山は、戦前の自分と戦争指導者に人生を併行して描く戦争小説を構想した。自分が昭和二年に生まれたときに、ときの指導者はなにを考えていたのか。小学校に入ったとき、指導者はどう行動し、暮していたのか。皇国少年にすっかり染

めあげられたとき、指導者の本音はどうであったのか。戦争に巻きこまれた少年と巻きこんでいった大人たち、その双方を対比させながら自伝的な戦争小説を書こうと考えた。

戦争指導者の烙印を捺された者たちのなかで、だれを登場させるか、軍人は好きでないこともあって書く気にならず、文官ならばだれか……と思いをめぐらせると、A級戦犯として死刑になった戦時下の宰相・広田弘毅しかいない。広田は昭和十一年の二・二六事件のあと首相になり、軍部の圧力に屈したこと、昭和十二年に外務大臣をつとめ、戦争を食い止められなかったこと、この二点において文官でありながらA級戦犯として裁かれた。

この作品を生原稿で一読したとき、梅澤は広田弘毅が最期を迎える場面に作家・城山三郎の意地を感じた。

A級戦犯たちが絞首刑になる直前、グループに分けられて仏間でひとときをすごす。先のグループが『天皇陛下万歳』『大日本帝国万歳』を叫び、刑に臨んでいく。この『万歳』を耳にして、つぎに広田弘毅のグループが仏間に迎えられると、教誨師・花山信勝にむかって、広田は『今、マンザイをやってたんでしょう』痛烈な冗談を飛ばす。戦中派・城山は、この場面だけはどうしても描きたかったようである。
『万歳』の声に送られ、海軍少年兵として大竹海兵団へとむかったあの日を城山は思い浮かべたのか、取材ノートには自分に言い聞かせるかのように、ひときわ濃い文字で《天皇陛下万歳と残した声が忘らりょか》と書いている。
《万歳万歳を叫び、日の丸の旗を押し立てて行った果てに、何があったのか、思い知ったはずなのに、ここに至っても、なお万歳を叫ぶのは、漫才ではないのか》
（後略）

第7方面軍（シンガポール）司令官板垣征四郎大将は降伏後、武装解除された英国軍に将校の軍刀の着用を求めるも拒絶されたという。所詮、彼等軍人の頭は日清・日露戦の時のままである。哲学者三木清が「思想を持っていないと天皇制にしがみつく」と言った。

私がこの『落日燃ゆ』を読んだ時の衝撃は忘れ難い。
保身と欲望に汲々《きゅうきゅう》とした無知な戦争指導者の最後の最期の極みに、万歳万歳と叫ぶ無知で愚かな非人間性に強烈な怒りと同時に深い絶望感を感じる。
この絶望感は偏《ひとえ》に戦争指導者たる軍人・政治家・資本家だけでなく、同時に己の欲望に目のくらんだ無知で愚かな国民に向けたものでもある。

昭和六年（一九三一）九月、中国大陸の北部で満州事変が勃発。日本陸軍（関東軍）は広大な満州の地を武力制圧し、満州国建国を、更に昭和十二年（一九三七）に日中戦争が勃発し、中国侵略を開始する。日本軍による中国人に対する残虐非道さは、ロシアのプーチン大統領の行ったウクライナ人への残虐さと比較にならぬ程の残酷さである。

しかも国民はロシア国民と同様、軍部の独走を許し支持した。この日中戦争の泥沼化が日米開戦の引き金となっていった。

真珠湾奇襲作戦の成功（？）が日本人を一層愚かな増上慢にした。多大な血を流しても最後は神国日本が勝つと愚かにも信じた。

敗戦後は国民による国民の為の責任もとらず反省もせず、今度はマッカーサー占領軍司令官を信じ、A級戦犯に総ての罪をなすりつけ恬然として恥じない。それ故に戦前の国民と戦後の今日に至る国民の愚かさは寸分違《たが》わない。

「日本人は勝者になびく傾向がとても強い。戦後、日本ほど米国にすり寄った国はないでしょう」

（作家・精神科医　帚木蓬生《ははきぎほうせい》）

国民、マスコミも政治家も戦前の日本の中国への非人道的侵略行為も知りもせず亦、知ろうともせずして、偽善者ぶった顔でロシアのプーチンを悪逆非道な大統領と非難している。

これでは絞首刑前のA級戦犯が「天皇陛下万歳」を三唱して広田弘毅に「今、マンザイをやってたんでしょう」と嘲笑《ちょうしょう》されるのと同様〝馬鹿（国民）な大将、敵より恐い〟と皮肉られても仕方ない。

憲法九条を念仏の如く唱えるだけで、いざ鎌倉となったらウクライナのように戦う気力も愛国心も、陸海空三軍、国民、政治家にもないだろう。中国はそこを見込んで日本に脅しをかけているのだ。

平和主義者の識者が度々口にする戦後七十数年、侵略もせず侵略もされずにこれたのは総て憲法九条のおかげだと、だからこれからも憲法九条を死守すると広言してはばからない。

正に諺《ことわざ》の〈由らしむべし知らしむべからず〉の如く、国民を従わせることはできても、道理を理解させることは難しい。

しかし戦後今日に至るまで平和であったのは憲法九条などはお題目を唱え現実を見ないだけで、実際に日本を守ったのは日米安保条約があったからこそである。

「戦争に対する皮膚感覚を持つことが大事」と言われるが、寧ろ「現実感覚」を持つことの方が大切だと思う。

「歴史から学ぶものは限《かぎ》りない。世に流布されている常識や固定観念の誤りを正し、蒙《もう》を啓《ひら》いてくれる」

と読売特別編集委員の橋本五郎氏が言っている。

本当だろうか、寧《むし》ろその反対ではないか。歴史は往々《おうおう》にして真実を糊塗《こと》する勝者のための歴史でもある。

歴史は学ぶものではなく、疑うものであるという気が最近する。

大体、歴史など大上段にふりかざして生きている人間など居ない筈。SNSのデマ情報をいとも簡単に信じ拡散する時代、正邪の境のない輩《やから》の多い時代である。歴史に学ぶことも疑うこともしない。己の薄っぺらな価値判断しか持たぬ人間である。昭和史をとっても学ぶものより、疑うことの方が多く、それを正すこともなく放置され、それを多くの人が信じている。

歴史の役を果たしていない。

若し橋本氏の言う如くであれば、日本社会は今よりずっと健全な社会になっているだろう。

『悪魔の辞典』(アンブローズ・ビアス著)による歴史とは、たいていは悪党である君主たちと、たいていは馬鹿である軍人どもによって起こされる、たいていはくだらない事件の、たいていはウソ八百の記録であると言い放っている。

ウクライナの悲劇を見るだけでも人類が歴史に学んでいたとは到底思えない。何故なら歴史の教えから我々が学ぶことがあるとすれば、「愛」である筈だ。人を愛し、自然を愛し、地球を愛することである。

歴史はそれを人間に教えようと幾億の争いで血を流させ続けたか。プーチンのその歴史に逆行する判断を、ロシアの国民の八十パーセント近くが支持しているという。

この伝では歴史は歴史でなく単なる「記録」にすぎなくなり、人類は滅亡に更に歩をすすめたことになる。

歴史は人間の過ちを二度と繰り返さぬ為の教えでもある。でなければ人間は争いの末、滅びゆく運命を辿《たど》ることになる。

この憲法九条の件だけでなく、戦後の日本人は現実も事実も見ようとはせず、戦備はアメリカにおんぶにだっこして、経済の発展のみに邁進して来た。

しかしウクライナを見るまでもなく、ロシアも中国も虎視眈々《たんたん》とお人好しの日本を狙っている。茨木のり子氏が、戦争でもそうだが、挑発する方は利口で、挑発される方は馬鹿なのであると言っている。

万一ロシアがウクライナで勝利、成功すれば、孰《いず》れ日本もウクライナの二の舞になり、同じ目に遭うだろう。

現在、日本では少子化問題で国が滅ぶとの事でかまびすしい。然しその前に寧ろ他国に侵略されて滅んでいるかもしれない。

既に米国は日本を守る力は失せている。これからは米国は米国自身で精一杯となるだろう。何も決められず何も決断できない自由諸国は近々滅びゆく運命にある気がする。

第三国に手を伸ばしつつある一党独裁の国は、貧しい第三国を傘下に治め、米国、ヨーロッパの白人帝国主義に代わり、一党独裁の国が世界のリーダーとなるだろう。

このウクライナの悲劇による世界経済の未曽有の大混乱の中、相変わらず日本はぬるま湯につかっている。

日米安保条約と憲法九条の国是で日本は大戦後の世界の戦乱に巻き込まれず、のうのうと金儲けに励んできた。

彼《か》の一次大戦ではヨーロッパでの凄惨な悲劇を横目で見て、戦略物資の輸出で国内の好景気を生み、コソ泥のようなシベリア出兵までしている。

この事が二次大戦に於ける日米戦で軍事力（近代戦の兵器・戦略等）の遅れとなり、近代戦が総力戦だと気づかず開戦し、あげくの果てに敗戦した。

愚か者は自分が死んだことさえ分からない。

カミュ『ペスト』の一節。

「バカげたことというのは何度でも繰り返し起こる。人間が自分のことばかり考えるのをやめれば、気づくことだ」

健康と食事

齢《よわい》八十過ぎた健康がどんなものかよく分からない。比べる相手が周りに居ないから余計である。

この歳になると先輩同輩は鬼籍に入ってしまった人も多く、残った人もこのコロナ禍で会うことも儘ならない。

健康は人と比較するものでもなく、出来るものでもないという気がする。ところが最近超高齢社会になり、頓《とみ》に健康寿命が取沙汰され、健康長寿を高齢者に煽《あお》っている。背景には医療費の逼迫《ひっぱく》もあるのだろうが、別の意図も見え隠れしている。血圧一三〇以上になると要注意、高血圧の予備軍と言わんばかりの扱いだ。私の若い頃は年齢プラス九十と相場が決まっていたし、今でも専門家の間でも支持する人も多い。

近藤誠先生の如く今迄血圧など測ったことがないという御人もいる。作家の五木寛之氏も今迄医者に一度も掛かったことがないという。

血圧の基準を十下げると製薬メーカーに莫大な金が入るという。

血圧だけでなくあらゆる病気に対し、危機感を煽り、一儲けしようと企むサプリメーカーや製薬メーカーが有象無象いる。

サプリなど一部を除き殆ど効果がなく毒にも薬にもならないから、訴えられることも問題視されることもない。

昔から〝病は気から〟と言う。〝鰯《いわし》の頭も信心から〟と言うぐらいだから、効かないものも効くのかも知れない。

寿命は例外を除けば生来授かったものという気がする。頑健を誇っても長生きできるものでもなく、病弱蒲柳の質でも長生きする人はする。

摂生しても、暴飲暴食を恣《ほしいまま》にしても、長生きする人はするし、しない人はしない。

後期高齢者になって九十、一〇〇迄生きると豪語する人は、それなりに長生きする様である。

矢張り口に出して言うことは大事なのかも知れない。

逆に「長生きなどしたくない」などとほざく私に、他人は「そんな奴に限って長生きする」と言って嗤《わら》う。

結局、運命の成せる業かと悟った気になる。

巷間『「空腹」こそ最強のクスリ』（アスコム）という本が話題になっている。著者は医学博士の青木厚氏である。

現役世代には一寸難しいが、高齢者世代には易しくて簡単な健康法である。道具もいらず一銭の金もかからずその日から始められる。

つまり、オートファジーを働かせる為に、睡眠時間を利用して連続十六時間以上の空腹時間を作るだけ。

この食事法は、二〇一六年にノーベル生理学・医学賞を受賞した「オートファジー」研究者のもとに生み出されたという。

オートファジーとは「古くなった細胞が新しく生まれ変わる」体の仕組みのことである。

効果は、癌・認知症・糖尿病・高血圧などの病気の予防になる。

まさに「空腹は最高のクスリ」となる。

内臓の疲れがとれ免疫力がアップ、脂肪が分解され肥満が改善される。

人間の躰も五十年、六十年も使えば体力も筋力も衰えてゆくのは当然のこと、同時に胃腸をはじめ内臓も休む時間もなく疲れ切っている。

若い時は一日三食でもその分動き回るが、四十、五十代になると断然動きが鈍くなり横着になってくる。

そしてカロリーオーバーとなり内臓は疲弊してくる。その為に空腹で内臓の休む時間を作ってやる。

詳しいことは別にして、私は只今実行中である。空腹は最低十六時間が必要で二十四時間が理想という。私は一日二十二時間の空腹時間を作っている。

午後二時に一日一回の食事を二時間かけて食べ、午後四時に食べ終える。翌日の午後二時まで珈琲一杯以外は食べ物は一切口にしない。

高齢になって空腹を感じなくなったことと、以前に半日断食を暫《しばら》く続けた経験もあって、空腹に馴れていて苦痛を感じない。

未だ半年足らずでは体質の改善は見られないが、僅かな変化が現れた。過敏性腸症候群、頸椎後縦靱帯骨化症《けいついこうじゅうじんたいこっかしょう》、体重は一キログラム減の三つが少々変化した。腹痛と下痢便秘、肩の痺《しび》れが少しでも軽くなるのは有難い。こんな生き方を最近では「ミニマリスト」と呼ぶらしい。

この歳になると訳も分からない痛みや病を発症して慌てさせられる。

今朝も、起きて暫くすると右目の奥が急に激しく痛み出し、涙が凄い勢いで溢《あふ》れ出し止まらない。

眼科に受診すると睫毛《まつげ》が目に当たって刺激しているとのこと。多数の睫毛を抜去して涙を止めてもらった。

老化はお化けのように躰の何処かにいつ何時現れるか分からない。今元気でも油断は出来ない。

これら老化現象は死の予兆であり、カウントダウンに入ったことを示しているのだ。

永遠の若大将と言われた加山雄三（八十三）が誤嚥《ごえん》による嘔吐で小脳出血を発症し、退院後リハビリやトレーニングをしていたという。

誤嚥など老化の最たるものだ。老化は徐々に来るものではなく或る日突然襲ってくる。その時、老化とその恐さを知るのである。

此の所の足腰の衰えは年相応で致し方ないが、毎日の散歩は欠かさず実行している。一万～一・五万歩だから良しとしている。

この辺りの年寄りは老人臭くて嫌いだ。そう思うのは自分が既に数えの八十ということを忘れた暴言だということを十分承知してのことである。

だから老人が集う場所やケアハウス、ボランティア、趣味のサークル等には一切近づかない。

若い時群れて、老いて亦群れる。群れて悪いというのではないが、女三人何とかというが、男の年寄りも三人集まるとケンカしているのかと紛う程大声で話す。公園のベンチでも屯《たむろ》しているのをしばしば見かけるが、実に騒《うる》さくて読書も儘ならない。

暫くしてよくよく考えると、皆老いて耳が遠く成っているからだと気づく。

若し本人に自覚があり又注意を受けていたら、公園はともかく喫茶店という密室では若い客は舌打ちしているだろうと推し量る常識があっていい筈だ。

我々が若い時の大人も、若者がわけの分からない音楽をジャンジャンと掻《か》き鳴らして騒さいと怒っていた筈だ。

年を喰ってから己の悪癖を直すことは難しい。寧ろ増長すらする。一生矯めることができずに一生を畢《お》える。端《はた》迷惑が亡くなって周りの人はほっとするだろう。まるで鯖の生腐《いきぐされ》のような生き方だ。

本人は自覚のない分幸せである。

話を戻すと、私の住んでいる下町は、此の十年余りに老人と中国人が矢鱈《やたら》と増えた。自分も老人の仲間入りをしたから余計に目障りになるのだろう。

当初、目に付く程度が今は目障りになるのには、年寄りとしてでなく人間としてマナーが欠如していることだ。寄る辺ない身なのか開館と同時に図書館へ押し掛け、新聞、雑誌に読み飽きたら机にうつぶせになって居眠りだ。

公園のベンチではコロナ禍の故か朝酒を呑んでいる。一人の時も、二、三人屯している時もある。

家の前の河川敷で朝から早々に釣り糸を垂れている人もいれば、短い竿を十本近く川岸に挿している人もいる。

為すことのない早起きの年寄りが安いコーヒーを求めて駅前のマックに押しかけ、客席の半ばを占拠している。その年寄り達はぽつねんと物思いにふけり、二階の客席から窓下の道行く人を飽かずに見入っている。

イヤホーンでラジオを聴いている人もたまにいるが、新聞や本を読む人は居ない。いるとしても競馬新聞で何やら赤ペンで印をつけている。

ズルズルと音を立てコーヒーを啜《すす》る人もいる。

押し並べて元気溌剌《はつらつ》とした人は皆無だ。見るのは銀座ぐらいだ。

晩年とはその人の一生の総決算と云うべきものであり、その人生の過不足を一つに凝縮した完結の己の最後の齢である。

完結と云っても人生とか人間とかを悟得するしないの問題でなく、寧ろ自己の悪癖の主だったもの、喚舌するなら他人様に迷惑を及ぼす悪癖を努力して矯めることである。

世に悟得した如くのことを吹聴して回っている輩がいるが、悟得など神仏の存在を証明した人が居ないのと同様、単なる恐怖からくる欲求と願望に過ぎない。

晩年は健康な生活が送れる筈、健康に生きる知恵が十分身に付いている筈だから。

糖尿病・心臓病になるまで暴飲暴食の生活を続けている輩がいる。「成人病はその人の人生の歴史」という名言通り、節制に一顧だにしない人が癌になって逝く。

若い時の悪癖悪食は晩年に到る前で矯めておかねばならぬ筈。誰しも晩年に至れば否応なしに己の躰と心のことが分からねばならぬ。やってはならぬことと必ず為らねばならぬことの区分けとその実行である。

「人に起こることは自分にも起こる」との教えを信じよう。

老いるということは知恵がつくということである。

健康も若い時の暴飲暴食を改め、自分の体に合った食事を工夫する。若い時、勢いでやっていたことも知識と体験が自然と身につき悪行悪食の恐さを識り、それまでの行状を反省する筈である。

家族のこともあり仕事のこともある。大切に思うことがあればある程健康に留意するだろう。

一升酒を四十年、五十年も呑み続けておれば躰へのダメージは計り知れぬということぐらい、一寸気の利いた子供でも分かる簡単な事実である。

呑ん兵衛はいろいろ言い訳や屁理屈を言うが、頭で考えた理屈などどんな立派なものでも、己の躰に通じない。他人に如何に立派に御託を並べるよりも、躰が悲鳴を上げていることに耳を傾けるべきだ。

今、全然大丈夫と豪語する輩もいるが、躰にだって辛抱し我慢して黙っている沈黙の臓器がある。

直ぐ反応する臓器は警告のサインで、これを軽く見てはいけない。このサインこそ臓器の代表であり悲鳴である。

人間の躰は例外を除けば何十年もかかって崩壊されて行く。この辛抱強い人間の躰も自動車と同じで、段々パワーは劣りボルトがゆるみガタがくる。その為に点検修理が必要となる。

形あるものは消耗し消えてゆくのだ。

今男性の死亡原因は癌、次いで心臓病という。

その内、先天的、遺伝的な要因は別にして、暴飲暴食による生活習慣病と称するものが殆どを占めている気がする。いわゆる慢心である。他人の不幸を見ても自分は大丈夫、自分は違うと、何の根拠もない独り善がりの思い込みに縋《すが》っているのだ。

慢心というのは「人に起こることは自分にも起こる」という人間の宿命ともいうべき運命に逆らうことだ。

毎年一万人を超える交通事故死を聞いても、自分は大丈夫と従来の過信した運転を続ける。

一万人以上の死者がいるということは、謙虚に考えても可成りの確率で事故に見舞われると覚悟すべきだ。

この世に「他人事」などという事実はない。

この世のことは総て己の中に存在するのだ。眠った侭なのが何時《いつ》突然起き上がるのか誰も分からない。

眠った侭にしておくように心掛ける人、無理矢理起き上がらせる愚かな真似と行為をする人に分かれる。

年をとることは、この愚かなる行為を悟ることである。

まあ、人の運命は人それぞれ。決まりというものはない。暴飲暴食をしても七十、八十まで生きる人も居れば、人並みの節制をしても五十で亡くなる人もいる。

それでも老いては節制に如かずである。他人に余計な迷惑をかけず苦しまず、余生の時間を有効に使える。

一生かける仕事、趣味のある人は節制を心掛けて、天に召されるその日まで好きなことをやれるというのは人生の至福ではあるまいか。

節制を無視して「志半ば」でこの世を去るのは、矢張り無念としか言いようがない気がする。

皆、節制をして老いてゆくなら世界は変わるだろう。酒など煙草など単なる習慣に過ぎない。「養生は立派に死ぬためにするものだ」と、曲直瀬道三《まなせどうさん》という戦国時代の医師が言っている。

私が食通でも食い道楽でもないことを、人から哀れがられる。食に興味を失ったのだから仕方ない。酒や煙草は疾《と》うの昔にやめている。

七十になり八十になると生活の総てが面倒臭くなってきた。生きている以上は最低のことはしなければならない。食は一日一回限り。外食もせず料理もせず、加工品も食わず、どんぶりばち一つでだけ。即ち丼の中に躰によい食材を入れ、その上から熱湯を注ぐ手早い食い物である。味は保障できない。自分だけの食い物で人に出せる代物ではない。外出帰宅後の二時頃食べるので、朝も夜も面倒がなく、気が楽で時間がとれる。

寂しいとか侘《わび》しいとか人は思うかも知れないが、人は夫々《それぞれ》で、食べ物に興味のない人間には何の痛痒も感じない。

それに妻を喪《うしな》って雑用家事一切が身に掛かって、可成りの時間が割かれる。予想以上の負担である。

ふと、雑用家事をこなす為に生きているのかと思う時がしばしばある。

認知症について

かまびすしい。認知症のことである。高齢者だけでなく若年性認知症も多いという。早めの検査を受け、早期発見早期治療をすれば進行を防げる可能性があるという。その検査の一つに以前より疑念を抱いている。暗記の能力テストである。十個の単語を暗記して、後で幾つ思い出せるかで判定する。

仮に私が十代の頃でも自信がない。五個の単語を暗記することさえ覚束ない。況《ま》して後で幾つ思い出せるかなど全然自信がない。憶えても直ぐ忘れるタイプだ。

人間が一瞬のうちに把握し、識別できるのは、七個が限度といわれている。これが「魔法の7」として知られている法則で、一週間は七日、虹の色は七色、世界の七不思議、ギリシャの七賢人、七草、七変化、七福神、七味唐辛子、七つ道具、七奉行等々。ゼミの学生も、七人を越えると、名前を覚えられない学生が出てくる。

（『「超」整理法』中公新書、野口悠紀雄著）

だから受けても無駄と思い検査はしない。

検査を受けなくても軽度認知障害（ＭＩＣ）が分かる簡単な方法もあるという。片方の脚で四十秒以上立っていられたらＯＫだそうだ。私は一分立てるので安堵している。

私のように暗記の苦手な人が、検査でＮＧになって悩む人も居るかも知れない。否、余命宣告同様、暗示にかかったようにその通りになるやも知れない。

一人の医師の診断と一回の検査結果を鵜呑みにしないことだ。

老いの恐怖は私の場合、歩行困難と失明と認知症等である。要は人に頼らず独りで日常生活が送れれば由という考えである。

長生きは望まない。「命長ければ恥多し」と言う。そこで駄句を詠む。

長生きは　すればする程　身の破滅　　　凡嗣

あと半年で齢八十の傘寿になる。知らぬ内に成った気がしないではない。本当に一炊の夢だ。

これ以上長生きする心算《つもり》も、したくもない。

この不器用で無様な私がここまで生きられたことは幸運としか思えない。勿論この年まで生きた人間ならいろいろなことがあって当然だが、私には人並み以上の危なっかしいトラブルがあった。

それが幸運に助けられ無事にここまで命を永らえた。

しかし既に幸運は使い果たした。これから今迄の幸運が不運に変わり悲惨な境遇が待っているのだ。

年高くして不遇を託《かこ》つは、地位の事でも金の事でも健康不安でもなく、死に対する不安であり恐怖である。

今更老いて何をしようと何程のこともない。死は目前、どう死するか覚悟し、最後の最期に周章狼狽することがないように準備することが肝要であると思い定めている。

現在、高齢化社会の為か老いに関する情報が氾濫している。主張していることは尤《もっと》もなこと許《ばか》りだ。大事なことはその人の主張はその人だけの主張で自分の主張ではないと判然識別しないと間違った死に方をする。

他人の死に方を真似するのでなく、自分に相応しい死に方を見つけて畢《お》わることである。

今時の情報は、如何にすれば老後を愉《たの》しく暮らせるか一辺倒である。寧ろどうすれば自分らしい最期を迎えられるかという情報と方法が欲しい。

これを書いている四年後（二〇二五）には、高齢者の五人に一人（七〇〇万人）が認知症になると推計されているという。又、医者が罹《かか》りたくない病気「ワースト40」の中で、脳卒中（脳梗塞・脳出血）、すい臓ガンに次いで三番目に挙げられている。

独り暮らしの身には切実な問題である。

認知症の傾向や症状が出て家族に受診を勧められても応じず、認めようとしない人も居る。私のような一人身で世間ともかかわりをもたぬ生活をしていると、自分で自分を管理する外ない。

周りから忠告されても本人は強く否定するが、認知症は周りに云われるより先に本人が自覚できる筈だ。余程日々だらしのない生活をして居れば別だが、規則正しい生活を送っていれば一寸の違いも直ぐ変だと気づく。度々惹起《じゃっき》すれば加齢の故ではなく認知症を疑う。今はクスリで、ある程度進行を抑えることができるという。

病苦、生活苦をかかえての長生きに、私自身、人間としての価値を見出せない。子も孫も居ないから勝手に恬淡と構えているのかもしれないが、この歳《とし》になって苦しい思いはしたくない。この世に特段の執着がなくなったのも事実である。

漫画家の蛭子能収《えびすよしかず》氏は認知症（レビー小体病）で、進行を遅らせる治療薬を飲んでいるという。

「これからの目標は、一日でも長く生きること。生きてた方が、死んでいるよりいろいろ面白いと思う」と云っている。

ハーバード大学公衆衛生大学院のアトゥール・ガワンディという医師が、著書で、「死よりも、延命治療や介護に頼って自分らしい生き方を失うことのほうが怖い」と述べている。

この二人の違いは、前方だけを見て生きるか、又は己の影が常にどう足掻《あが》こうと振り切ることができないのと同様に生死もまた一如と考えて生きるかの違いではないか。

認知症が他の病と異なる最大の特徴は、家族はじめ周囲に多大な苦痛を与えることだろう。

自分が自分でなくなる恐怖を訴える人もいるが、逆に自分でなくなるから怖くないという人もいる。

然し両者とも他人に迷惑と苦痛を与えるということが欠落している。

延命治療と同様、人間の尊厳にかかわる問題で、なんでも生きていりゃいいという訳ではなく、人間として尊厳が保てるか否かで決まると思っている。

国の推計によると有病率は、八十代後半では四十パーセント、九十五歳以上では八十パーセント程度になる。

認知症治療の第一人者で、診断に使う知能検査の開発者として知られる精神科医の長谷川和夫さん（二〇二一年十一月十三日、九十二歳でご逝去）が、自らが認知症であることを明らかにした。今では自分を研究材料にして講演活動をしている。

アルツハイマー病の疑いのある彼は親友の医師に自分の「精神余命」を尋ねる。「ぼくはいつまでこうして物を考えたり話したり（中略）自分という人間がいつまで自分自身でありうるのか?」九二年「白愁のとき」

自作の引用で恐縮だが、精神余命ということばも自分で作った。平均寿命や肉体の余命は、誰しも考える。身体同様に頭脳と精神の健康にも心を配らなければいけない。

その後十年余り経ち、私は自分自身の精神余命を思うようになった。

（夏樹静子氏より）

日記、その功罪

書くことが喜びと言える程の日記魔　古川ロッパ

本が好き悪口言うのはもっと好き　高島俊男

現在《いま》、ふるい日記を読み直している。

六十年近く書き溜めた大部《だいぶ》な日記である。

この日記は妻を亡くした三年まえ、一度は身辺整理の心算《つもり》で廃棄を試みて思いとどまったもの。

理由《わけ》は、その内容があまりにお粗末で、凡愚なサラリーマンの軽薄にして愚昧な感情の捌《は》け口に日記が利用され、そのつまらぬ瑣末《さまつ》事を只々書き列《つら》ねてあるだけの他愛のないものと感じたからである。

これでは読むにしても残すにしても何の意味も価値もないものだと、流石《さすが》の自惚《うぬぼ》れ屋の私も呆《あき》れて嫌気がさした。

ところが先日、探し物の合間に偶然目にし手にとった日記の一冊が、私の人生の重要な転換期にあたる一冊だった。

内容は、相も変わらず仕事の不満やら人間関係の苦悶等、微に入り細を穿《うが》ち同じように書き込んである。

しかしよくよく読んでゆくと、今までは確かな記憶と思い込んでいた古い記憶や事柄に多くの思い違いのあること、又忘れてしまった幾人かの先輩・同輩に多大な恩義のあったことなど改めて思い起こさせてくれた。


奇しくもこの頃、四十歳を前に脱サラを思案、悩んでいた時で、その点でも忘れ難い。その退職理由は、四十年たった現在《いま》、朧気《おぼろげ》な記憶しか残っていない。厭な記憶は都合よく人は忘れるものらしい。


この日記をあの時廃棄していたら、忘れてしまった過去の諸々大切な記憶を思い起こすことも、それによって自責することもなく、残命を愚陋《ぐろう》のまま畢《お》えていただろう。

英国の歴史家、Ｅ・Ｈ・カーが「歴史は現在と過去のあいだの対話である」と言っている。

敢えて敷衍《ふえん》するなら、個人の古い日記もまた歴史と言えなくはない。

過去と現在の自分を対比させ対話さすと、見事に逃れようのない程己の愚昧さに気づかされる。

それが今まで多少なりとも自分を庇う自惚れがあって、その欠点を見過ごしてきたことが一瞬のうちに剥ぎとられたのだ。

これは日記の内容の拙劣さとは裏腹に、記述そのものが執拗なぐらいに詳細を極めている。それが鮮明に当時を生々しく再応させ、現実感をもっていまの私に怖《お》じ気《け》だつばかりに強く迫ってきた。

その数々の愚かしい過ちが合わせ鏡のように四十年前と四十年後の自分とが人間として、昔も今も何ら変わり映えもせず進歩も遂げずにいることが、情け容赦もなく己を責め立てる。

三十一歳で没した坂本龍馬は別にしても、四十年といえば幼児が立派な大人になり社会で大いに活躍しても可笑しくない歳月である。

その大事な年月《としつき》を二度も無為徒食で過ごしてしまったことは、全く酔生夢死の如き一生であった。

何とも遣る瀬《やせ》ない気分だ。

しかし遅《おく》れ馳《ば》せながらとはいえ、この歳《とし》になって昔日の愚かな悪行の自分と対峙させられ完膚なきまでに打ちのめされたことが、逆に真の反省に結びついたのは幸運であった。

その愚かしい積年の悪行とは、多く、他人《ひと》に対する我が身を弁《わきま》えぬ罵詈雑言《ばりぞうごん》を浴びせたことである。

それが今、改心してみると、これらすべては自分に向かってあびせるべき雑言であったと気づき、冷汗三斗、己の稚拙さと自惚れさ加減を今更ながら思い知らされた。


「どんな馬鹿でもいったん他人の悪口を言わせたら誰も彼も天才である」

作家・谷沢永一

若い頃、女優の端《はし》くれだった母が、下級俳優が雑居する楽屋の大部屋で演出家の悪口をひとり得々《とくとく》と喋《しゃべ》っていたら、その演出家が近くに居たという。

私も自転車通学していた高校の頃部活で遅くなり、暗い夜道を六、七人で帰る途次、仲間の一人の悪口を言い立てていると、不意にその仲間に彼が居ることに気づかされた。道理で周りが寂《せき》として声がなかった筈だ。

全く血筋は争えない。六十年後のいまも時々思い出しては胸が疼《うず》く。

しかしその性癖はのちに会社勤めになっても然程改《あらた》まることもなく、相も変わらず社内の上下関係を無視、あえて直言をして憚《はばか》らず周囲と敵対、四面楚歌状態にあった。まさに〝自分の持ち上げた石で自分の脚を打つ〟の譬え通りになっている。世諺《せいげん》に、〝禍は口よりいで、病は口より入る〟と言う。口に入れると同じぐらい慎重に口にだして喋っていれば禍は少なくすんだ筈。〝堪忍は無事長久の基〟と家康の言う如く、「成らぬ堪忍、するが堪忍」である。

この綿々《めんめん》とつづられた大部の日記は、すべて目を通さずとも中味は自ずと知れ、同じ調子であることが窺《うかが》える。

これでは日記というより面罵録になってしまい、記録以外何も期待に値するものがない。

「あわれ、この人、一大努力をもって一大愚論を吐く」　モンテーニュ

毎日楽しみにしている新聞連載の黒井千次氏のエッセイに、日記帳のことがのっていた。

小説の参考にと自分の二十歳前後の日記を読んで驚いた。そこに記されていたのは、出来事や行為でなく、ほとんど感情的、主観的な言葉の怒涛《どとう》の如き流れであり、なんとも鼻持ちならぬ、自分本位の叙述の塊であり、傲慢であり、感傷的

であり、思わずそのノートを閉じざるを得ぬ気にさせられる体の全く自己本位の言葉の塊であったからだった。居たたまれぬほど恥ずかしかった。

これは、自分が思うまま、感じるままを日記につけたからであり、悪いのは日記だ、日記帳だ、だから日記はつけぬほうがよいと氏は断じている。勿論、本気度は分からないが。

ニーチェも日記について語っている。

一日が終わって、その一日を振り返って反省する。すると、たいていは不快で暗い結果にたどりつく。冷静に反省したりしたからなどでは決してない。単に疲れているからだ。

疲れているときは反省をしたり、振り返ったり、ましてや日記など書くべきではない。自分をだめだと思ったり人に対して憎しみを覚えたりしたときは、疲れている証拠だ。

そういうときはさっさと自分を休ませなければいけない。

（『曙光』）

確かにニーチェの言う如く当時の私は仕事に対する不満も強く、人間関係は四面楚歌状態にあった。と同時に転職も考えていた時期であり、迷い悩み苦しんだことが記憶からも日記からも窺える。

しかし今から考えると、寧ろ書いておいてよかったと思っている。これ程、詳細に当時を再現し思い描くことは、私の貧弱な脳味噌の記憶力では到底日記には及ばない。

繰《く》り言になるが、この日記が具体的かつ詳悉《しょうしつ》を極めているが故に、現実味をもって当時の状況がありありと現出され、今、八十歳の私と当時三十代の私が対面対峙する破目になった。

当然、若き日の愚蒙《ぐもう》を現在《いま》ハッキリと認識させられた。そこで真に改悟改心することができたのだ。

だからと言って今更己の心を正せたところで何程のことかと思う。しかし脱皮しない蛇は破滅するとも言う。

今は最晩年のこととはいえ、既《すんで》のところで積年の悪質を正せたことに感謝している。総てが徒労の努力と思われた日記のおかげである。

そしてわずかな命の残り火を、旧い日記に感謝して生きてゆく。

愚かなる者は、愚かなることを、愚かなるままに、延々と書き列《つら》ね、それがいずれ日の目をみて愚かなる道を正しい道に導いてくれる。日記はその為のもの、犯人に証拠を見せて自白を迫るが如く。

内村鑑三（キリスト教思想家）も「航海日誌」と称して日記を書いている。

「それは、このみすぼらしい小舟が、罪と涙と多くの苦悩を通り抜けて、天上の港に向かう日々の進み具合を記したノートである」と。

妻と愛馬

愛馬ブルーベリー号は私の未熟な過失と無知無能な装蹄師に殺された。馬にとって致命的な蹄葉炎《ていようえん》である。私が栄養価の高い燕麦《えんばく》を過剰に摂取させていたのが原因である。

跛行《はこう》を起こしたのは私が調教中のことで、直ぐさまクラブ付の装蹄師に診てもらうと、小石を蹄底で踏んだ座石だと云い、ブリッヂ蹄鉄で蹄底が地面に直接触れないようにすれば跛行は大丈夫と受け合う。

しかし、十日過ぎても一向に快方に向かうどころか悪化する一方。困って競馬のトレーニングセンターを手広く経営している友人に相談すると、即自分の処の出入りの装蹄師を回してくれた。

当日、ブル号を洗い場に繋留して待っていると、車で来た装蹄師A氏が歩いて正面より近づいて来て、挨拶抜きの開口一番「蹄葉炎だ」と。

驚天動地、顔から血の引く思い。

理由を訊くと「洗い場での立ち姿で一目瞭然、後肢に体重をかけて腰が沈んでいる」とのこと。プロの装蹄師なら誰が見ても一瞥で解ると云う。

翌日に獣医師の診察を受けるとやはり蹄葉炎と診断され、可成り重症化していると云う。治療法を訊くと「治療より安楽死」する状態になっていると宣告される。然し安楽死は忍びず妻と相談し延命治療を選択する。獣医師が無駄と云うも強く懇願、治療を開始する。

それから約一年、途中半ばで回復の兆し見せるも、その甲斐もなく最後はその苦痛見るに堪えず、妻と私の前で安楽死さす。

馬の蹄葉炎は人間の壊死の如きもの。大変な激痛を伴う病気である。今想うと安楽死が忍びないと獣医師の判断を斥け、一年も延命させたのは全く思慮分別の浅さと愚かな己の身勝手な愛情の何ものでもない。

激痛に堪えるのはブル自身であって、私ではない。

そこが判っていないのだ。自分の思いと感情だけに突き動かされて冷静さを失ったのだ。

二十年たった今猶、臍を噛む程申し訳が立たない。

ブル号と同じ過ちを乳ガン再発の妻光子にしてしまった。

妻と私は基本的には抗ガン剤治療には否定的で、余程初期か軽い癌でない限り酷い副作用に苦しむだけで、結果は芳しくない成り行きとなることを承知していたからである。

然し主治医が抗ガン剤で十分治せると請け合った言葉を簡単に信じてしまった。溺れる者は藁をもつかむの譬えの如く、妻の立場からすれば当然の選択と思うが、冷静沈着であらねばならぬ第三者的立場の私までが、いともたやすく同意したのが失敗の始まりであった。

治療は一切しないで自然に任すという選択肢も持っていたのにもかかわらず、何一つ検討しなかった。

治療中の半ばで、妻の乳ガンは遺伝子検査でＢＲＣＡ１・２という遺伝性乳ガンと判明する。

それに適合する最新の治療薬の分子標的薬「リムパーザ」を使うことになった。二人共これで助かったと嬉んだのも束の間、全然効かないことが分かった。

結果から見れば何を為ってもムダ、体力を消耗させるのみだったのだ。

夫故《それゆえ》選択肢の一つだった自然に任せるということを検討しなかった己の迂闊さが返す返すも悔やまれる。

あと知恵になるが、丸山ワクチン、三石理論の分子栄養素を基にした食事療法、青木厚先生の十六時間絶食法の三つを実行していたら、癌と共存でき今でも生命を永らえていたのではないか。

孰《いず》れにせよサポートする立場の私が愚かで、思慮浅薄な知恵のなさが災いしてブルや光子を苦しめる結果になってしまった。

次の詩文は、二十五年前に亡くなった愛馬ブルーベリー号（妻の命名）の墓標に刻んだ、当時の哀悼文である。

しかし今読み返すと、妻光子への鎮魂歌にも思える。

愛馬ブルーベリー号終焉の地

愛・別・離・苦

一九八四年四月十二日生
一九九九年五月十四日没

噫《ああ》　愆《あやま》ちをもって君を喪うは慚愧《ざんき》満身を震わす　心は今　断腸《だんちょう》の哀堪難《あいたえがた》し
願わくは　躬《み》は疾疫《しつえき》に斃《たを》れんとも　心は天翔《あまかけ》る騏驥《きき》となり　天空に舞い
海闊《かいかつ》千里に游《あそ》び　能《よ》く吾《わが》心慰めん
時に亦　吾《われ》流るる雲を墓標と作《な》し　吾《われ》呼ぶ嘶《いなな》きを慟哭《どうこく》涙を以《もっ》て碑銘《ひめい》を文《かざ》らん
時《とき》うつり　事《こと》去り　たのしみかなしみ行きかふとも　わが愛は終古《とわ》に滅《きえ》ず

渝《か》えて吾罪《わが》わが咎《とが》を恕し玉《たま》え
「過《すぎ》し日の心安《やす》らぎ和《なご》む日を偲《しのび》て詠まん黄泉《よみ》立つ君に」
ふたつの愛をこめて安らかんことを

一九九九年　五月

妻と愛馬アンナプルナホーク号。1987年５月30日生、2016年７月５日没

在りし日の愛馬武蔵号と著者

おわりに

自分の思いをいろいろ書き連ねたが、結局のところ冗文に過ぎなかったと唯々自嘲気味になった。それは毎度のことだが、書けば必ず落ち入る精神状態である。関係資料をいろいろと参考にさせてもらったが、自身の疑念疑問に応えてくれる資料には到頭出会うことはなかった。

寧ろ自殺や自死に対する否定的見解や偏見が殆どだった。人間の生き方、老い方は千差万別なのに、どうして戦前も戦後も死に方を一つしか認めようとはしないのか。

「生命《いのち》の尊さ大切さ」を標榜《ひょうぼう》するようになったのは、戦後、あの悲惨な戦争の体験と占領軍による、半ば強制的な民主主義化の影響だろう。ところが実際は相反する如く世界は戦争に終始し、今もなおロシアとウクライナで戦争をしている。

それは〝生命《いのち》が大切〟などとは単なるお題目にすぎないことを証明している。真に生命が大切なら、戦争など世界のあらゆるところで起こるべくもない。

それをお題目のように唱えていれば戦争などなくなると、暗示にかかった旧統一教会の信者の如く疑念も持たず生きている。

「死」という言葉が世界の国々にどのくらいあるのか知らないが、日本では辞書にのっている「死」の言葉をざっと拾ってみると次の如くあった。

自害・自刭《じけい》・自刎《じふん》・自殺・自経（縊死《いし》）・自決・自裁・自刃《じじん》・自尽・切腹・殉死・割腹・屠腹《とふく》・生害《しょうがい》・乾死《ひじに》（干死）。

これらの言葉は過去、事あるごとに適切に意味のある、かつそれに相応しい語源として使われていた筈である。現代《いま》の我々からすると実に不思議な程に感じる。

これは日本人の感性の深さを物語っているのだろう。

戦後の日本では最近自ら手をくだす死を、千篇一律《せんぺんいちりつ》の如く「自殺」と一括《ひとくくり》にしている。その自殺の原因が半数は健康問題で、後は生活苦、経済問題そして家庭問題と続く由。

これらを自殺と称することには吝《やぶさ》かではないが、この範疇《はんちゅう》に入らぬ「死」と、その原因を無視して全て「自殺」とひとくくりにするのは理不尽かつ死者への尊厳を欠く。

死は誰にも訪れ、その原因は千差万別である。病名が病根によって名づけられて死すと同様に、自ら手をくだす「死」にもその原因と事情がいろいろあり、それに相応しい名をつけるべきである。

これからは死なない時代、死ねない時代がやってくるという。

然し、そんな時代にも生きたいと思う人もいれば、逆にそんな生き地獄のような時代になるなら、さっさとおさらばしたいと思う人もいるだろう。

桜は散り時を知り散ってゆくから美しい。人間も亦死に時があり、それを違わずに死してこそその人の人生が清々《すがすが》しくキレイに完結するのではないか。却《かえ》ってしあわせと思われている長寿がめでたいだけではないことをいろいろ現実が証明している。


昨今、谷川健一先生（民俗学者）の「八十才、もう人生も余白」の通り、自由に使いたいと言っている最中、老害が叫ばれ問題視されている。語弊を覚悟で言えば、死に時を誤った人々と言えなくはない。

終活ばやりの浮かれている世の中でマスコミ等が一層終活を煽っているが、「安楽死」を「尊厳死」と言い換える如く、実際は「終活」などという素人受けのソフトな言いようでなく、寧ろずばり「死活」と言い換えればいい。さすれば必ず己の死に対し真摯に向かい合うことが出来る筈。

死は遠ざけるものでもなく、身近において絶えず互いの存在を確かめ合う関係にするべきである。人間にとって生と死は双子の兄弟、疎遠にするべきでなく仲良く親しく交わるべき間柄である。

当然のことながら、人はそれぞれ生きてきたように死んでゆく。それ故死に方も一つでなく人それぞれである。

だから他人が他者の生死を云々することはできない。

況《ま》して人の命は何より大切に守るべきだと自縄自縛に凝り固まった人道主義者の押し付けがましい正義漢ぶりが、自殺や自死を天に背く行為だと蛇蝎《だかつ》の如く忌み嫌い否定する。

しかし皮肉な言い方をすれば、「他人」の生命の大切さを声高に叫んでいても、実のところ「自分」の生命丈が大切だと言っているのである。でなければ戦争など起こるべくもない。


早や長いようで短い人生が終わろうとしている今日此の頃「人間には早過ぎる死か、遅すぎる死しかない」という山田風太郎の警句が頭を過《よぎ》る。

そして妻の死が私の死となりつつある。

もともと長生きなど望むべくもない身で単なる偶然の重なり合いか、それとも運命のイタズラか、ここまで命を永らえてしまった。

この世の矛盾は生き残るべき人が先に逝き、逝くべき人が老残を晒《さら》していることである。

私などどうして今日ここまで生き残っているのか、実に不思議極まりない。

そしてこの期に及んで、尊厳死、自然死、安楽死をいろいろ考えたが、どれもこれも一人身には面倒であった。

結局、それらの長短相補うのは「自裁」であるという思いに到った。

しかし、まだまだ「自死」に対する既成概念にとらわれている守旧派の多い世間からは理解を得ることは難しい。

願わくば一日も早く「死」を自由に語り合い、自由に選択できる世がくることを期待している。

何も彼も浮んで消えるうたかたの定めなき世がいといき辛《づら》し　凡嗣《ぼんじ》

『人生の短さについて』古代ローマの哲学者セネカ

われわれに与えられたこの時間はあまりの速さで過ぎてゆくため、ようやく生きようかと思った頃には、人生が終わってしまうのが常である。

著者プロフィール

建部 嗣雄（たてべ つぐお）

1941年、東京生まれ。

海上自衛隊。

鹿屋、第205教育航空隊航空士学生修了。

対潜哨戒機（旧Ｐ２Ｖ−７）搭乗員として、実験航空隊（第51空）に勤務。

本田技研工業（中央・八重洲）に転職。流通研究Gr（第３商品開発）所属。その後独立。

以後、自営の傍ら長年の夢の、スペイン乗馬学校方式のロングレーン馬術等を35年に渉り愛馬で独自調教する。

癌のあとさき　暮れ泥《なず》む

2023年９月15日　初版第１刷発行

著　者　建部 嗣雄
発行者　瓜谷 綱延
発行所　株式会社文芸社
〒160-0022 東京都新宿区新宿１−10−１
電話 03-5369-3060（代表）
03-5369-2299（販売）

印刷所　図書印刷株式会社

ISBN978-4-286-24329-0